Britta C. Avgerinos

AF208888

URSEL

Wohin gehen wir auf Erden,

wenn wir den Weg nicht kennen…

Ein außergewöhnliches Frauenleben

erzählt im ruhigen Fluß

LEBENS-wege mit Ursel, aufgezeichnet von ihrer Cousine Britta

© Autorenverlag Berlin

Umschlaggestaltung: Morgana Freundt, Berlin

Foto Umschlag : Stjerne Avgerinos

Herstellung und Verlag:

BoD - Books on Demand GmbH, Norderstedt

ISBN 978-3-837008791

Am 27. Oktober 1924 erblickte Ursel das Licht der Welt. Sie stammt aus Steinforth in Pommern (heute Polen). Steinforth stammt ab von einer Furt, die durch zwei Seen ging, also eine steinige Furt, aus dem auf der einen Seite dann später das Dorf Steinforth entstand. Steinforth, so erzählt Ursel, war ein sehr, sehr schönes, beschauliches Dorf. Die Einwohner waren meistens selbständige Bauern, auch einige Büdner, die dort arbeiteten, aber auch Handwerker, die zu den Dorfbewohnern gehörten. Es gab keine riesengroßen Besitztümer. Es war gerade so, dass jeder seinen Bauernhof gut bearbeiten konnte. Die Noeskes, unsere Vorfahren, die waren lange, lange dort ansässig. Und ich weiß von meines Vaters Seite, also die Kopitzkes, dass sie seit dem 13. Jahrhundert in Steinforth lebten. Die Noeskes hatten einen sehr großen Besitz, also kein Gut, das erbte aber der älteste Sohn, das war früher so üblich, dass der Besitz an den ältesten Sohn vererbt wurde. Die anderen mussten sich irgendwie eine Tätigkeit suchen und dadurch ist unser Großvater Noeske nicht in den Genuss eines großen Besitzes gekommen. Aber er wie auch seine Brüder gehörten einer sehr angesehenen Familie an. Die Seite meines Vaters, also Kopitzkes, hat oft den Bürgermeister gestellt, und auch aus den Reihen unserer Großeltern, also unseres Großvaters Noeske, wurde manchmal der Bürgermeister gewählt.

Ich erinnere mich an Franz Noeske, der war auch Bürgermeister von Steinforth. Ursel erzählt weiter: Die

Noeskes und Kopitzkes waren zwei grundsätzlich sehr verschiedene Familien, aber vom Stand her waren die beiden gleichwertig, nur die Charaktere waren sehr, sehr verschieden. Die Familie meiner Mutter, also die Noeskes, war still, gelassen, nicht dominant oder hervortretend mit einem Geltungsbedürfnis, das hatten sie überhaupt nicht an sich. Aber die Kopitzkes, die wollten etwas herzeigen, die hatten ein starkes Geltungsbedürfnis und im Nachhinein muss ich meine Mutter noch bewundern, sie war eine sehr stille junge Frau, aber auf dem Bauernhof, den wir hatten, hat sie alle ihre Aufgaben sehr gut gemeistert. Sie hat sich keinem aufgedrängt, sie hatte ihren Stolz und hat sich mit niemandem gekabbelt, auch weil sie keinen Streit mochte. Wenn ihr etwas nicht passte, dann zog sie sich zurück, aber sie hat nie einen Streit angefangen oder sich im Streit gewehrt. Ihr Lebenssinn war, eine tüchtige und aufrichtige Bäuerin zu sein. Zum Beispiel in der Erntezeit mussten wir Leute beschäftigen, da hat sie gleichberechtigt alle Leute beköstigt, alles vorbereitet und in Ordnung gebracht, so dass alle gut versorgt waren.

Als Ursel auf die Welt gekommen war, war sie als Erstgeborene der ganze Stolz ihrer Eltern. Sie war ein gesundes und ruhiges Baby, und dennoch erzählte ihre Mutter des Öfteren etwas Unbegreifliches, das am Tag ihrer Taufe seinen Gang genommen hatte. Ursel: Ich war gerade geboren, am 27. Oktober, und am 5. Dezember wurde ich getauft. Aber wie die alten Leute damals so dachten, wurde gemunkelt, dass mich bei der Taufe auf dem Weg zur Kirche jemand verhext haben könnte, so hieß das einfach, denn ich habe geschrien ab diesem Taufdatum, geschrien, wie ich durchs Dorf getragen wurde, während der Taufe, ich habe geschrien Tag und Nacht, Tag und Nacht… Und mein ganzer Körper war mit Blasen übersät und keiner wusste, was ich hatte. Und zu dieser Zeit war auch mein Onkel Paul zu Besuch, er war der jüngste Bruder meiner Mutter, und er war im Wartestand, das heißt, er wartete, dass er zum Militär eingezogen wurde. Und er hatte tags, aber besonders nachts keine Ruhe, mit uns im Haus zu schlafen, weil mein Schreien ununterbrochen alle wachhielt. Da ist Onkel Paul dann auf den Heuboden gezogen und hat die letzten Tage, bevor er eingezogen wurde, auf dem Heuboden geschlafen. Meine Eltern sind dann notgedrungen, weil sie sich nicht mehr zu helfen wussten, zum Arzt nach Neustettin gegangen, und auf dem Weg dorthin habe ich nur geschrien. Als sie dann zum Arzt hereingekommen sind, da hat der Arzt gesagt: Na dann legen Sie den kleinen Schreihals hier mal auf die Liege, so haben sie mich dann hingelegt, und von Stund' an war ich ein ruhiges Kind, ich hab' keinen Pieps mehr gesagt, und du weißt ja, spricht Ursel zu mir, Britta, der sie die Geschichte erzählt, ja du weißt ja, wie früher der Aberglaube verbreitet war. Da haben sie gesagt: Siehste, siehste, die sind mit der Kleinen von Steinforth nach Neustettin gefahren, mit Pferd und Wagen, und wenn sie verhext war, dann sind sie zusammengezählt, über sieben Grenzen gefahren, also immer in Dörfer und Felder eingeteilt, und das waren tatsächlich sieben Grenzen, die wir überfahren haben, und tatsächlich, bei dem Arzt angekommen, auf der Liege liegend, da war der Zauber vorbei. Für diese Leute damals war diese Deutung, dass ich verhext gewesen wäre, als Wahrheit ausschlaggebend. Letztlich stimmten alle Hinweise, nach denen ich dann auch befreit war von dieser Erkrankung. Ich, Britta, frage: Gab es denn für deine Eltern damals keine andere Erklärung, denn es sah ja so aus, dass du mit deinen Hautbläschen möglicherweise auch eine wirkliche körperliche Erkrankung hattest? Ursel: Ja, meine Oma väterlicherseits, die hat mir mal erzählt, dass meine Mutter nicht so viel Milch gehabt hat, vielleicht habe ich Hunger gehabt, und meine Großmutter, die hat mir immer so kleines Zuckerpüngelchen in den Mund geschoben, das waren so kleine Leinensäckchen, in die sie Zucker getan hatte, und an diesen Zuckerpüngelchen habe ich wohl immer kräftig gelutscht, und es kann eben sein, dass diese vielen kleinen Bläschen davon gekommen sind. Britta: Ja, zu hoher Blutzucker, mit einer Hautreaktion, das könnte passen...

Es war in Pommern so üblich, dass Kinder von klein auf an der Seite ihrer Eltern aufwuchsen, während diese der anfallenden Arbeit auf dem Bauernhof nachgingen. So lernte Ursel nicht nur in der Küche der Mutter zuzuschauen, sondern auch, wobei sie auf kindliche Mädchenart schon mithelfen konnte. Die Mutter nahm beim Mithelfen Rücksicht auf die schrittweise sich entwickelnden Fähigkeiten von Klein-Ursel, die im weiteren Heranwachsen mit ihren hellblauen Augen lebendig und offen die Welt um sich herum betrachtete und neugierig erforschte. Zwei nicht sehr dicke Zöpfe konnte sie sich bald aus ihren feinen blonden Haaren selber flechten. Sie lachte und alberte oft herum und man schaute ihr gerne in ihr munteres, kindliches Gesicht. Der Vater, als arbeitsamer Bauer und gelernter sowie geschickter Zimmermann, war unermüdlich fleißig und schaffend und hatte von daher eine strenge Arbeitsmoral. Diese betraf auch die Kinder, zunächst Ursel, später sie und ihren sechs Jahre jüngeren Bruder Günter. Der Vater verlangte schon sehr früh, mit der ihm eigenen Strenge, die Mitarbeit der Kinder bei der landwirtschaftlichen Arbeit. So musste Ursel mit sechs Jahren auch Kühe hüten und eine für sie sehr schwere Tour mit den Kühen ist ihr konkret in Erinnerung geblieben. Ursel erzählt: Die Kühe sollten von Steinforth nach Wilhelmshorst, einem recht weit gelegenen Nachbardorf auf eine Weide gebracht werden. Ich musste die Kühe durch einen großen Wald treiben, ich war weit und breit ganz alleine, und da haben die Bäume so sehr gerauscht. Da ich ja erst ein sechsjähriges Kind war, hatte ich große Angst, und um das Rauschen der

Bäume nicht zu hören, hab' ich immer ganz, ganz laut gesungen, bis ich endlich auf dem großen Wiesenfeld angekommen war, da konnte ich die Kühe grasen lassen und mich ausruhen. Manchmal kam auch meine Tante Emma mit hinzu, sie war die jüngere Schwester von meiner Mutter, das war kurzweilig, denn sie beschäftigte sich mit mir. Einmal sagte sie: Komm', ich will dir mal was zeigen. Sie ging mit mir ein paar Schritte durch die Wiesengräser und dann zeigte sie mir ein Lerchennest, Lerchen sind ja Bodenbrüter, und ich habe furchtbar gestaunt, was ich da zu sehen bekam. Die ganz kleinen Lerchen drängelten sich im Nest und sperrten die Schnäbel weit auf, eins ums andere Mal wieder, auch wenn die Lerchenmutter etwas hineinstopfte, blieben die Schnäbel sofort wieder weit geöffnet, ich fand das sehr spannend. Ein anderes Mal, als Tante Emma mit mir war, zeigte sie mir eine nächste Überraschung. Sie sagte: Pass mal auf, was von dort hinten kommt, da kam so ein Riesenrudel Hirsche angelaufen, und sie sagte: Pass mal auf, pass genau auf, wie die springen können. Und richtig, sie sprangen ruck über so eine kleine Gruppe von Büschen, da sprangen sie wirklich alle rüber… So etwas hatte ich als Sechsjährige vorher noch nie gesehen. Britta: Ich finde auch, dass das sehr lieb war von Tante Emma, dass sie sich um dich kümmerte und dir spannende Ereignisse in der Natur zeigte. Ursel: Das stimmt, ich habe heute noch als 87jährige diese schönen Bilder aus der frühen Kindheit in mir als Erinnerung. Das Feld, auf dem ich damals die Kühe hütete, grenzte an das Grundstück von Onkel Ernst, also auch ein älterer Bruder von Mama und eben auch von Tante Emma. Das Land dort rundherum hatte viel Wald, war weithügelig bis bergig, und dazwischen immer wieder schilfumrandete kleine Seen, manchmal gingen diese ineinander über, sie waren so sauber, dass man daraus trinken konnte. Wenn Onkel Ernst uns auf der Wiese sah, kam er rüber und hatte immer ein Stück Obst in der Tasche, einen Apfel, eine Birne, jedenfalls so wunderbares Obst, wie man es heute nicht mehr kaufen kann. Emma und ich, wir hatten ein Vergnügen damit, dies zu essen. Da wir, also meine Eltern, auf unserem Hof nur Kirschbäume hatten, also in unserem Garten, bekamen wir von Onkel Ernst für den Winter immer Birnen und Äpfel, das war sehr schön.

Steinforth hatte eine Schule, die Ursel ab dem sechsten Lebensjahr besuchte. Ursel: Wir waren nur wenige Kinder, aber was da gelehrt wurde, das hat man bis heute nicht vergessen, und die Aufführung der Weihnachtsgeschichte, die habe ich nie so schön jemals wiedergesehen wie in Steinforth. In späteren Jahren, als junge Frau, habe ich in Hamburg die Kinder einer begüterten Familie betreut, und da hieß es: Ah, die führen die Weihnachtsgeschichte in ihrer Schule auf, wir werden da alle mal hingehen, und ich mit meiner Erinnerung habe mich richtig darauf gefreut. Aber es wurde eine Enttäu-

schung, es war nicht mit Steinforth zu vergleichen. Steinforth war wirklich ein Dorf, das sich sehen lassen konnte,
wir hatten gute Lehrer in der Schule, die sehr gebildet
waren, und wir, bzw. ich habe dort sehr viel Grundlegen-
des gelernt. Leider fiel unser schönes altes Dorf der
Kriegstreiberei der Nazis zum Opfer, es wurden überall
Truppenübungsplätze angelegt, das empörte uns damals
und mich auch immer noch heute. Fünf Dörfer waren
dazu ausgesucht, Truppenübungsplätze zu werden, uns
war es noch nicht klar, aber schon wieder nach dem ersten Weltkrieg eine Kriegsvorbereitung? Wir, die Einwohner, mussten alle weg und mussten uns eine neue
Heimat suchen. Wir, das waren meine Eltern, mein Bruder Günter und ich. Unser jüngster Bruder Werner war ja
noch nicht auf der Welt, der ist 1939 dann in Neustettin
bei Naseband, in unserem neuen Dorf geboren. Wir bekamen Geld für die Umsiedelung, und man konnte sich
überall was Neues kaufen, wir siedelten uns in Naseband
an. Aber trotzdem, das Andenken an Steinforth wird nie
in mir vergehen, es ist immer, bis heute, in mir. Und so
ist die Weihnachtsgeschichte, die jedes Jahr aufgeführt
wurde, unvergessen. Überhaupt, was Kultur – und Literatur anbetraf, das wurde uns dort in der Schule umfassend
vermittelt. Die Schule in Steinforth war eine Einklassen-
Schule, vom ersten bis achten Schuljahr gingen alle in
eine Klasse, jeder hat von jedem gelernt, und da ich sehr
wissbegierig war, bin ich schon immer ganz früh zur

Schule gegangen, durfte mich ganz still hinsetzen und habe mitgelernt, das hat mir wirklich Freude gemacht, mit den Großen mitzulernen.

Ursel lächelt bei ihren Erinnerungen: Weißt du, sagt sie, als Kind hatte ich im Wald Angst, später aber liebte ich unsere großen Wälder mit ihrem Zauber von Licht und Schatten, dem Vogelsang, das geheimnisvolle Knacken mal hier mal dort, die Farne, die Blaubeeren, das weiche Moos und die Pilze... Und mir ist ein Gedicht über den Wald in den Sinn gekommen, das ich von den Großen irgendwann gelernt habe. Britta: Ich bin neugierig... Ursel nickt:

D e r W a l d

Mit dem alten Förster heut'
bin ich durch den Wald gegangen
während hell im Festgeläut
aus dem Dorf die Glocken klangen.
golden floss ins Laub der Tag
Vöglein sangen Gottes Ehre
fast als ob der ganze Haag
wüsste dass es Sonntag wäre.
Und wir kamen ins Revier
wo umrauscht von alten Bäumen
junge Stämmlein sonder Zier

sprossten auf besondren Räumen.
Feierlich der Alte sprach:
Siehst du über unsren Wegen
hochgewölbt das grüne Dach
das ist unser Ahnen Segen
denn es gilt ein ewig Recht
wo die hohen Wipfel rauschen
von Geschlechtern zu Geschlecht
geht im Wald ein heilig Tauschen.
Was uns Not ist und zum Heil
ward's gegründet von den Vätern
aber das ist unser Teil:
dass w i r gründen für die Spätern.
Drum im Forst auf meinem Stand
ist's mir oft als böt ich linde
meinem Ahnherrn e i n e Hand
j e n e meinem Kindeskinde.
Und sobald ich pflanzen will
pocht das Herz mir, dass ich's merke
und ein frommes Sprüchlein still
muss ich beten zu dem Werke:
Schütz Euch Gott, Ihr Reiserschwank
möge unter Euren Kronen
Gottesfurcht und Freiheit wohnen.
Und Ihr Enkel still erfreut
mögt Ihr dann mein Segnen ahnen
wie's mit frommem Dank

an die Väter will gemahnen.
Wie verstummend im Gebet
schwieg der Mann, der tief ergraute
klaren Auges ein Prophet
welcher vorwärts rückwärts schaute.
Segnend auf die Stämmlein rings
sah ich dann die Händ' ihn breiten
aber in den Wipfeln ging's
wie ein Gruß aus alten Zeiten.

Ursel ist im heutigen Alter von 87 Jahren ein Phänomen der umfangreichen und klaren Erinnerung. Selbst das vielschichtige Leben aus ihrer Kindheit, Jugend, den Krieg, die Flucht, im Zusammenhang mit vielen anderen Menschen und Schicksalen schildert sie in großer Differenziertheit und Bildhaftigkeit. Die Tonbandaufnahmen, die ich, Britta, ihre 17 Jahre jüngere Cousine, von 2009 bis 2013 mit Ursel gemacht habe, sind Zeugnisse ihrer besonderen und feinsinnigen Darstellungsfähigkeit. Sie ist in dieser Zeit der Aufnahmen zwischen 85 und 89 Jahren.

Weiter geht es jetzt noch um besondere Erinnerungen aus ihrer Kindheit in Steinforth. Ursel: Steinforth war ja mein Geburtsort und mein Vater kam aus einer gutbetuchten Familie, die hatten einen großen, großen Wald, und als Mitgift hatte er Bauholz für ein neues Haus bekommen. Meine Eltern waren jungverheiratet, und 1924, das Jahr, in dem ich geboren wurde, wurde das neue Haus gebaut. Das war ganz unterkellert und sehr solide gebaut. Sechs Jahre war ich dann hier zunächst das einzige Kind meiner Eltern. Unser Dorf war klein und gemütlich, jeder kannte jeden und ich bin dort auch überall in die Häuser gegangen, habe die Leute besucht und kennengelernt, war also ein recht bekanntes und lebendiges Kind unseres Dorfes. Ich erinnere mich noch, als mein Großvater Kopitzke starb, da war alles so traurig, alle im Dorf haben sehr mitgetrauert und ein großer Posaunenchor war angereist. Alle weinten und das machte mir als sechsjähriges Mädchen gar keinen Spaß, so bin ich überall im Dorf unterwegs gewesen, überall rumgebutschert. Da begegnete ich einer Frau, die ganz, ganz gebeugt ging, ich stellte mich vor sie hin und habe zu ihr gesagt: Na, Tante Klaja, als Nächste wirst du wohl dran sein. Sie guckte mich groß an und sagte: Mädchen, wie kannst du so was sagen, du kannst noch eher dran sein als ich… Das konnte ich überhaupt nicht verstehen, sagt Ursel und wir beide, Ursel und Britta, lachen über dieses lustige Erlebnis.

Mit gut sechseinhalb Jahren wird Ursel nicht mehr ein Einzelkind sein, weil ihr ein Bruder geboren wird. Ursel erzählt weiter: Ich wurde darauf vorbereitet: Du bekommst bald ein Brüderchen, so wurde es einfach gesagt, weil es ein Bruder werden sollte, und wie das

Brüderchen dann da war, am 6. Juni 1930, wurde es auf den Namen Günter getauft. Ich war sechs Jahre älter, und da sollte ich auch schon ein bisschen auf ihn aufpassen, ich sollte ihm die Flasche halten, ach, das sehe ich noch vor mir, der lag in so einem grünen hohen Kinderwagen damals und ich sollte warten, bis er die Flasche ausgetrunken hat. Ach, und das dauerte und dauerte, das war mir alles viel zu lang. Er kriegte den Flascheninhalt einfach nicht auf. Das war mir alles viel zu langweilig, ich wollte nur raus und spielen. Natürlich fand ich ihn als Baby auch sehr süß, aber als er sein Fläschchen selber halten konnte, war ich froh.

Aber ich blieb auch in Zukunft nicht ganz davon verschont, meinen Bruder zu beschäftigen. Weil wir jedoch viel mit unseren Großeltern zusammen waren, bedeutete es Entlastung, diese gingen arbeitsteilig mit uns um: Die Großmutter beschäftigte sich mit mir und der kleine Günter war beim Großvater. Dieser erzählte ihm oft Geschichten, und Günter folgte dem Vorlesen von Märchen mit großer Aufmerksamkeit. Schon als er noch gar nicht richtig sprechen konnte, wusste er zwei Worte schon gut zu nutzen: Wenn der Großvater eine kleine Pause einlegte, dann sagte er: Und dann… bei jeder Atempause: und dann…. und am Ende immer weiter und dann, Opa, und dann… Na und ich, als seine ältere Schwester, hatte schon einige Gedichte gelernt, damit musste ich in jeder Pause herhalten. Er konnte schon mehr sprechen, aber noch nicht lesen, so ging es auch abends munter weiter im Bett: Nu erzähl'... und wieder: nu erzähl'... wie geht das weiter? .... Auch wenn ich noch so müde und auch schon halb eingeschlafen war, dann hörte ich ihn lauter: Erzähl' weiter...

Ein furchtbarer Schreck durch ihn fällt mir da noch ein: Als er noch kleiner war, noch in der Windelhose steckte, aber schon recht gut laufen konnte, war er eines Abends plötzlich verschwunden. So wie es damals war, gab es keine Molkereien, sondern man hat das Vieh mit der Hand gemolken und die aus der Milch gewonnene Butter hatte meine Mutter in Neustettin auf dem Markt verkauft, sie war dort sehr angesehen und war die Butter ganz schnell los. Die Milch musste also gefiltert und durch eine Zentrifuge gegeben werden. Die Zentrifuge stand in der Küche auf einem Tisch, der mit einem Vorhang versehen war. Und wenn dann in der Abendzeit die Milch gefiltert wurde, dann löste die Zentrifuge so ein summendes Geräusch aus. Und Günter als kleiner Junge schien dies Summen zu mögen. Er stand häufig daneben und versuchte mit kindlicher Stimme dies zu imitieren. Aber warum war er eines Abends aus der Küche verschwunden? Bei der Fülle der anstehenden Arbeit hatte keiner bemerkt, dass er fortgelaufen war. Als dies dann plötzlich bemerkt wurde, ging erst das Rufen los und dann das Suchen, Günter meldete sich nicht. Wo ist der Junge! Wo ist der Junge?! hieß es und rief es dann in alle

Richtungen…. Und am Ende haben wir ihn, ruhig liegend, vom Summen in den Schlaf gewiegt, hinter dem Tischvorhang entdeckt und an allen Vieren, Händen und Beinen da rausgezogen. Er wies in seiner Kindersprache auf die hohe Bedeutung seines Versteckes hin: Sike-Kasten! Das war Günters Wort für Musikkasten. Er zog sich noch manchmal am Abend, um dem Singen und Summen zu lauschen, in seinen Sike-Kasten zurück.

Im Weiteren werden jetzt Erinnerungen an die Großmutter mütterlicherseits wach. Diese Großmutter hatte für Ursel als Kind und auch später eine große Bedeutung. Ursel erzählt weiter: Unsere Großmutter (das heißt hier im Gespräch ihre und Brittas Großmutter) war eine Neichel, Neichel war ihr Geburtsname, und sie kam aus Wilhelmshorst. Der Großvater Noeske kam aus Steinforth, dort war die Familie seit Jahrhunderten alteingesessen und sehr anerkannt. Britta: Du hast ja gesagt, Ursel, unsere Großmutter war dir so nahe wie eine eigene Mutter, und du warst ja als Älteste im Haus ihre Lieblingsenkelin. Ursel: Ja, das stimmt, ich habe sehr viel von ihr bekommen, sie nahm mich oft an die Hand und sagte, wir gehen nach Wilhelmshorst, und das war überhaupt kein Problem, man konnte alles zu Fuß erledigen, an ihrer Hand über Berg und Tal… Pommern ist zeitweilig sehr hügelig, das ist das Wunderschöne, der pommersche Höhenzug… Meine Großmutter hat mich in vielem unterrichtet, nicht Schulunterricht, aber sie hat mir sehr,

sehr vieles erzählt und auch Lebensweisheiten beige-
bracht, diese habe ich auch angenommen, das ist ganz
klar. Manchmal ist es so, da reden und reden die Leute
und kommen nicht zum Eigentlichen, die Großmutter hat
mich gelehrt, dass ich dieses überhören lernen und mich
nicht mit ihnen verstricken solle. Das habe ich mein Leben lang beherzigt, wenn leere Hülsen geredet werden,
lass ich sie reden und an mir vorüberziehen. Britta: Mein
Vater, also dein Onkel, ihr jüngster Sohn, erzählte von
ihr, dass sie ein sehr philosophischer Mensch gewesen
sei. Die Bibel war von ihr völlig zerlesen, sie kannte sie
in- und auswendig, auch dass sie den Philosophen Kant
gelesen habe. Ursel: Ja, in diesen Ostgebieten hat man
abends Literatur gelesen, oder, wie unsere Großmutter,
die Bibel oder Philosophisches. In der Stille konnte man
anders zu sich kommen als heute in dem Wust von Informationen.

Im Weiteren erzählt Ursel, wie sie innerhalb ihrer
Familie mit ihren Großeltern gelebt hat. Ursel: Den Besitz in Steinforth hat ja meine Mutter von ihren Eltern
übernommen. In der ersten Zeit ihrer Ehe wohnten sie
mit den Eltern recht beengt. Mein Vater hatte dann gleich
gebaut, so hatten meine Eltern das halbe Haus und auf
der anderen Seite bewohnten meine Großeltern die andere Hälfte. Sie hatten ein sehr großes Zimmer, in dem
auch Tante Emma bis zu ihrer Eheschließung mitgewohnt hat. Die Küche war eine Wohnküche und ein Flur

war der Verbindungsteil zwischen beiden Haushälften. So lebte ich von meiner Geburt an mit meinen Eltern und Großeltern unter einem Dach. Wie ich schon erzählte, hatte meine Großmutter eine besondere Bedeutung in meinem Leben, aber auch mein Großvater war sehr liebevoll mit mir, er war handwerklich ein sehr geschickter Mann, er konnte die schönsten Körbe flechten und war ein bekannter Reetdachdecker, außerdem natürlich war er ein sehr erfahrener Bauer. Meine Großmutter hat mich oft an die Hand genommen und mir vieles außerhalb des Hauses im Garten gezeigt. Manchmal ist sie mit mir an der Hand auf den Friedhof gegangen, wo zwei Töchter von meinen Großeltern beerdigt waren, die an einer Diphterieepidemie damals verstorben waren. Sie waren zwei bildschöne Mädchen, so wurde erzählt, und der Verlust war für die Großeltern besonders, aber auch für die ganze Familie sehr, sehr schmerzvoll. So bin ich dann von Zeit zu Zeit an der Hand meiner Großmutter auf den Friedhof gegangen. Die beiden Mädchen waren in einem Doppelgrab, das mit Blumen sehr schön geschmückt war. Wenn die Großmutter die Blumen begossen hatte, marschierten wir weiter. Wir gingen in Richtung Kirche, einmal sagte meine Großmutter: Komm' mal, da ist Kindergottesdienst in der Kirche. Das machte mir sehr viel Freude, und von da ab ging ich regelmäßig zum Kindergottesdienst. Dort wurden wir Kinder auch zu dem einen oder anderen Ereignis aus der Bibel oder aus dem Leben

Jesu gefragt, ich konnte mich immer melden und die Fragen beantworten, ich wunderte mich selbst, dass ich das alles wusste, aber dank meiner Großmutter habe ich mehr gewusst als die anderen Kinder, ich will mich damit nicht hervorheben, aber es war einfach so, meine Großmutter hatte mich in der Bibel gut unterwiesen.

Wir hatten in Steinforth eine sehr schöne alte Kirche, Fachwerk mit Holz und dazwischen weiße Tafeln (kein Feldstein). Aber wir hatten keinen eigenen Pfarrer, und so kam sonntags immer ein Pfarrer aus Wulflatzke, ein größerer Ort als unserer, dieser Pfarrer hat dann in Steinforth den Gottesdienst gehalten. Da aber meine Großeltern schon alt waren, konnten sie den weiten Weg nicht mehr zurücklegen, sie waren auch manchmal kränklich. Trotzdem und wie selbstverständlich haben sie sich jeden Sonntagmorgen festlich angezogen, meine Großmutter und auch mein Großvater, dann haben sie im Gesangbuch und in der Bibel gemeinsam gelesen und ich selber hatte auch ein Religionsbuch, worin die biblische Geschichte aufgeschrieben war. Ich habe mich dann ganz still zu ihnen in die Ofenecke gesetzt, ein großer gemauerter Ofen und eine schöne Bank davor, da habe ich gesessen und habe dabei auch mit ihnen gelesen. Britta: Das ist ein wunderschönes Bild, das du mir von unseren Großeltern schilderst. Ich bin dir tief dankbar, dass ich so auch die Erinnerung an unsere Großeltern miterfahren darf und sie nun in mir ganz lebendig da sind, ohne dass ich sie kennengelernt habe, weil ich ja sehr viel später geboren bin. Also von Herzen dank, liebe Ursel.

Ursel nickt. Die beiden hatten einen Leitspruch in ihrem Leben, den mir die Großmutter manchmal vorgesagt hat:

Was frag' ich viel
nach Geld und Gut,
wenn ich zufrieden bin
geb' Gott mir nur gesundes Blut
so hab' ich frohen Sinn
und seh' mit dankbarem Gemüt
mein Abend und mein Morgen

Ursel: Du fragtest, Britta, was wir für Öfen hatten und womit wir geheizt haben damals. Es war kein Lehmofen, sondern ein Kachelofen, das war üblich, um die Zeit 1924, wo das Haus ja gebaut wurde. Es wurde auch nicht mit Torf geheizt, sondern mit Holz, wir hatten ja viel Wald und daher haben wir mit Holz geheizt. Der Kachelofen war ziemlich groß und beheizte das Zimmer von meinen Großeltern und die Küche, also er ging durch die Wand hindurch. Im Winter haben wir viel um den Ofen gesessen, und der Großvater hat häufig seinen Mittagsschlaf auf der Ofenbank gemacht. Aber einmal passierte etwas Dramatisches, meine Großmutter hatte so ein eisernes Töpfchen, und um den Herd nicht immer anzuheizen, hat sie das eiserne Töpfchen mit Wasser in die

Ofenröhre gestellt. Ich hab' als kleines Mädchen oft in der Küche gespielt, und einmal hat meine Großmutter den Eisentopf rausgenommen und an die Seite gestellt. Mein Großvater spielte mit mir und wir alberten herum. Dann haben wir Einkriegen gespielt, um den Tisch herum, ich hasch dich, ich krieg' dich, ich hab' dich, so haben wir gespielt unter sehr viel Lachen, dabei habe ich im Eifer und fröhlichen Herumtollen an den Topf gestoßen und mir mit dem kochenden Wasser das ganze Bein verbrannt. Ich habe furchtbar geschrien und mit dem linken, verbrühten Bein gestrampelt, es war höllisch. Die Eltern haben den Arzt geholt und er hat es mir verbunden. Es hat eine ganze Zeit gebraucht, um alles wieder auszuheilen, lange hatte ich noch Narben, aber im Älterwerden ist alles verheilt.

Ein anderes Mal, da war ich schon älter, ging aber noch nicht zur Schule, da passierte mir auch ein unangenehmes Missgeschick. Ich bin von unserem Rosswerk runtergefallen, das war ein Antriebswerk zum Dreschen, heute würde das mit Motoren betrieben werden, aber damals wurde ein Pferd vorgespannt und dann konnte man häckseln, also das Stroh schneiden für das Vieh, es war eben ein landwirtschaftliches Gerät, und da das Pferd davor angespannt wurde, gab es an dem Gerät zwei Stangen, darauf habe ich balanciert und bin runtergefallen. Mein Arm tat furchtbar weh, und da habe ich mich, im Gegensatz zu meiner sonstigen Lebhaftigkeit, ganz still und ruhig ins Haus geschlichen und auf die Ofenbank gelegt und gejammert, gejammert: Mein Arm tut so weh, mein Arm tut so weh! weinte ich. Zum Arzt, meinten meine Mutter und meine Großeltern, gehen wir nicht, der fängt gleich an zu schneiden. Das wollten sie nicht. Meine Eltern und Großeltern wussten aber, dass bei uns im Dorf ein alter Veterinär wohnte und vom Krieg her sich gut verstand auf solche Unfälle. Er war ein ganz alter Herr und hatte vom deutsch-französischen Krieg 1870/71 her sehr viel Ahnung von Knochenverletzungen. Da ist meine Mutter mit mir hin, dass er sich das mal anschaute, und er hat nur so ein bisschen gefühlt und hat gesagt: Ausgekugelt! Dann hat es einen Ruck gegeben und da war der Arm wieder drin. Und damit war die Geschichte wieder eingerenkt.

Ein ungewöhnliches Ereignis von besonderer Bedeutung schildert Ursel nun im Weiteren, es geschah etwas, was zur damaligen Zeit einem Kind nie passierte: Ursel bekam ein Paket. Ursel: Das war eine große Überraschung, in dem Paket waren zwei Bücher, eins für mich: Heidis Lehr- und Wanderjahre, und noch ein Buch für meinen Bruder, der noch gar nicht lesen konnte. Das Buch hatte den Titel: Der kleine Lord. Darüber hatte ich noch nie etwas gehört. Ich war ja schon elf Jahre alt und habe beide Bücher sofort gelesen. Ich war sehr beeindruckt, die Bücher, die uns meine Tante aus Berlin geschickt hatte, haben mir so, so sehr gefallen. Es lag auch ein Lesezeichen darin, darauf stand: Schaff' gute Bücher in dein Haus, sie strahlen eigne Werte aus und wirken als ein Segenshort auf Kinder noch und Enkel fort. Ich habe das bis heute noch behalten, weil das wahr ist.

Im Weiteren kommen wir noch zu einigen Beschreibungen von Ursels Arbeitsaufgaben als Kind auf dem Land, dann auch noch Schilderungen der besonderen Fähigkeiten vom Großvater Noeske, wie er damit unter anderem die Familie ernährt hat. So sind dann auch die Geschicklichkeiten der Großmutter von lebensnotwendiger Bedeutung.

Ursel hat als Sechsjährige nicht nur alleine Kühe gehütet, sondern musste und hat auch in diesem Alter auftragsgemäß das Pferd mit dem Pflug über das Feld geleitet, an dem Pflug befanden sich Scharen, also Pflugscharen, und damit wurde das Feld umgegraben. Die Arbeit auf dem Hof und im Haus ging bei den Großeltern Hand in Hand. Ursel erzählt: Der Großvater konnte beinahe alles, zu seinem Beruf des Reetdachdeckers konnte er auch Holzpantinen herstellen und sogar stricken. Ursel hat dies von ihm gelernt. Die Großmutter hat zur üblichen Hausarbeit, Putzen, Kochen, Backen, Einwecken und so fort, auch gesponnen und Schafwolle hergestellt, die dann auch verstrickt wurde; auch hat sie wunderbare Leinentücher und Wäsche gewebt. Zur Ernährungsergänzung war es auch üblich, in den Seen Fische zu fangen.

24

Aber was machte man im Winter, wenn die Seen zugefroren waren? Man ließ das Eis dröhnen und nannte dies ‚Fische dröhnen‘, das heißt: Es wurden Löcher ins Eis geschlagen und dann kamen die Fische zum Luftholen, der Großvater war auch hier sehr geschickt, die Fische zu fangen, zur leckeren Ergänzung des winterlichen Essens.

Ursel erinnert sich nun an die vorweihnachtliche Zeit in der Schule: Es wurden immer so schöne Theaterstücke aufgeführt, zum Beispiel das Krippenspiel, das habe ich nie wieder so schön aufgeführt gesehen wie in Steinforth. Die Aufführungen fanden immer im Saal der Gaststätte statt, und da war ich im ersten Schuljahr dann auch dabei. Da haben wir die Weihnachtsgeschichte vorgelesen, der Lehrer hatte unter vier Kindern von meinem Jahrgang eingeteilt, was wir lesen sollten. Ich kann mich noch heute an meinen Teil, den ich lesen sollte, erinnern. Ursel zitiert: Als die Engel wieder gen Himmel fuhren, sprachen die Hirten untereinander: Kommt, lasst uns gehen nach Bethlehem und die Geschichte sehen, die da geschehen ist. Und sie gingen und fanden beide, Maria und Josef, und das Kind in der Krippe liegen. Sie lobten die Engel, die sangen ‚Ehre sei Gott in der Höhe und Frieden auf Erden‘. Ursel weiter: Im zweiten Jahr da kriegte man dann schon mehr auf, ein Gedicht oder einen langen Vers. Ganz unerwartet hat mir der Lehrer zwei Tage vor Weihnachten ein ziemlich langes Gedicht verpasst, ich war gerade sieben Jahre alt, und es schien mir sehr schwer, dies noch bis zur Aufführung unserer Weihnachtsschule zu lernen. Ich kam nach Hause und sagte, Mama, ich soll das Gedicht lernen, sie guckte darauf und sagte: „Was, das lange Gedicht sollst du noch lernen?!" Wir hatten gerade geschlachtet und Mama drehte die Wurstmaschine, es sollte noch vor Weihnachten das Schwein verarbeitet werden, und sie drehte immer weiter an der Wurstmaschine, dabei zeigte ich ihr das Gedicht, und sie sagte wieder: „Das sollst du zwei Tage vor Weihnachten lernen, dem Kerl werd' ich was erzählen, der soll mir bloß kommen, dem werd' ich schon etwas klarmachen!" Na und dann kam die Weihnachtsschule, und ich hatte mir große Mühe gegeben, um das Gedicht zu lernen, aber mehr und mehr war ich begeistert, und da kann ich mich noch erinnern, wie ich das Gedicht meinem Onkel Paul, dem jüngsten Bruder von Mama, gegenüber aufgesagt habe. Er war gerade auf Urlaub und kam zu seiner Mutter, also unserer Großmutter. Und da sagte sie voller Stolz: „Die Ursel geht ja jetzt zur Schule, und für die Weihnachtsschule, da hat sie ein Gedicht gelernt, Ursel, sag ihm das doch mal auf…" Das habe ich gemacht, aber vor Verlegenheit habe ich immer so gewackelt, und als ich das Gedicht aufgesagt habe, sagte Onkel Paul zu mir, ich höre es noch heute: „Das hast du sehr schön gemacht, aber du musst nicht dabei immer so hin und her wackeln."

Ursel: Weißt du, das Gedicht, das haben noch viele aus unserer Familie übernommen… Mein Bruder Günter hat das übernommen, in der Schule aufgesagt, ich glaube auch, Werner, unser jüngster Bruder, und danach auch Volker, Günters ältester Sohn, hat das auch zu Weihnachten aufgesagt. Britta: „Kannst du es denn heute noch?" Ursel: „Ja, ja, ich kann…" Sie überlegt, Mensch, wie fängt es denn jetzt an:

Von grünen Tannen dicht umstellt
steht still ein Haus am End' der Welt
dort wohnt und schafft auf seine Art
ein alter Mann mit langem Bart
wenn's Winter wird, da gibt's zu tun
nicht mal am Abend kann er ruh'n
und wenn's die ersten Flocken schneit
dann schmunzelt er, bald ist's so weit
Und eines Abends schwebt ganz sacht
ein Engel nieder durch die Nacht
er schwebt und glänzt vom gold'nen Schein
auf's Häuschen zu und geht hinein.
He, Alter, ruft er, sei bereit!
Dezember ist's und Weihnachtszeit.
Der Alte streicht den langen Bart
und spricht: Ich bin bereit zur Fahrt.
längst fertig sind die Sachen all
der Esel wartet schon im Stall.
Der Alte, grau und dick vom Ruh'n

Bekommt nun tüchtig was zu tun.
Drei große Säcke, gefüllt bis zum Rand
so geht's ins Menschenland
Drei Tage drauf klopft's bei euch an
Du kriegst nen Schreck: der Weihnachtsmann!

Ursel hat dieses Gedicht dann zur Weihnachtsschule ohne Fehl und Tadel vorgetragen, trotz großer innerer Aufregung.

Britta fragt: Was gab es eigentlich am Heiligen Abend traditionellerweise bei euch zum Weihnachtsessen?

Ursel: Oh, ganz köstlich, jedes Jahr gab es geräucherte Gänsebrust und dazu frisch gebackenes Brot, es war köstlich. Britta: Habt ihr auch Gedichte am Heiligen Abend aufgesagt? Ursel: Oh ja… An eines erinnere ich mich besonders, das habe ich später auch immer auf Kirchen-Weihnachtsfesten aufgesagt, mit viel Applaus, weil es auch ein sehr hübsches Gedicht ist, selbst auf Betriebs-Weihnachtsfesten konnte ich damit vielen Zuhörern eine große Freude machen. Britta: Wunderbar, sag es doch einfach auf, wenn es dir gerade in Erinnerung ist. Ursel nickt und beginnt:

Fröhliche Weihnachten

Heute tanzen alle Sterne
und der Mond ist blank geputzt
Petrus in der Himmelsferne

hat sich seinen Bart gestutzt.
Überall erklingt Geläute
und es schmückt sich Groß und Klein
selbst die Heiligen tragen heute
ihren Sonntags-Heiligenschein.
Es erklingen tausend Flöten
Tausend Kerzen geben Glanz
und die würdigen Kometen
wedeln lustig mit dem Schwanz.
Gegenüber auf der Wiese
gar nicht weit vom Himmelstor
musiziert auf einer Wiese
auch der Engel-Kinderchor.
Ihre kleinen Tröpfelnasen
putzen sich die Kleinen schnell
und dann singen sie und blasen
auf Trompeten silberhell.
Jedes Jahr um diese Stunde
singen sie nach altem Brauch
alle Sterne in der Runde lauschen
und wir Menschen auch.
Manchmal aber, leise
wird es dann am Himmel stumm
und im ganzen Erdenkreise
geht ein leises Raunen um.
Da erscheinen sieben Schimmel
zärtlich ruft es Hü und Hott

und gemächlich durch den Himmel
fährt daher der liebe Gott.
Da verstummen alle Lieder
und die Engel machen fix
mit gefaltetem Gefieder
vor dem Herrgott einen Knicks.
Alle bunten Sternenkreise
dreh'n sich still dazu im Tanz
und im Himmel und auf Erden
leuchtet Weihnachtskerzenglanz.

Ursel erzählt noch einmal über das verstehende und innige Verhältnis ihrer Großeltern zu ihr. Diese waren immer bereit, Ursel an all ihren handwerklichen Fähigkeiten teilhaben zu lassen und ihr zu zeigen, so weit Ursel dies als Kind konnte, wie sie es selbst handhaben konnte. Die Arbeitsmoral von Ursels Vater war sehr strikt, er nahm wenig auf die seelischen und geistigen Bedürfnisse seiner Kinder Rücksicht. Deshalb waren die Großeltern in ihrem liebevollen Verstehen eine Entspannung für Ursel und ihren Bruder Günter. Ursel: Ja, mein Vater war sehr streng, er hat uns nicht geschlagen, aber er war unerbittlich in seiner Arbeitsauffassung. Wir sollten immer nur was Praktisches tun und nie untätig sein, jede Pause sollte ausgefüllt sein von irgendeiner Arbeit. Bücher lesen, das war Luxus, und ich habe so gerne gelesen, am Abend nichts anderes tun als lesen, das wäre schön gewesen, aber dann hieß es: Strümpfe stopfen, ja, wie das früher eben so war, nicht nur auf dem Feld oder in der Küche und so weiter, sondern auch abends, am Feierabend, Strümpfe stopfen, stricken und so weiter. Und dann bin ich zu meiner Großmutter und meinem Großvater in das Zimmer gegangen, die freuten sich, wenn ich kam. Dann fing ich an, Socken zu stopfen, aber dann sagte meine Großmutter: „Gib mir das mal", und ich habe ihnen dann vorgelesen. Ich war glücklich, dass ich lesen konnte, und ich glaube heute, dass sie auch glücklich waren, mir dies gegen die Strenge meines Vaters zu ermöglichen.

Ursel schildert nun noch zum Abschluss ihrer Kindheit in Steinforth, einen Hochzeitsbrauch, an dem sie teilgenommen hat. Ursel: Es war so Brauch, wenn eine Hochzeit war, dass wir Kinder die ganze Dorfstraße entlang gelaufen sind, mit unseren klappernden Holzpantinen, bis zur Kirche. Dann standen wir alle oben auf dem Chor, wo die Orgel stand, da mussten wir mucksmäuschenstill sitzen und konnten der Predigt lauschen, den Trauspruch hören und vor allem die Braut sehen, das war besonders interessant. Immer, wenn Hochzeit war, war es so, aber an dieser Hochzeit, an die ich denke, war die Braut besonders schön. Abends wurde getanzt und es hieß: Die Zuschauer müssen die Hochzeit loben. Dass die persönlichen Gäste bewirtet wurden, das war ja selbstverständlich, aber es war auch so Brauch, dass die Zuschauer davon etwas haben wollten und sollten. So erinnere ich mich an eine Hochzeit, wo ich direkt unter dem Fenster vom Hochzeitshaus stand, hatte sozusagen einen Logenplatz, und da kam die Braut mit einem großen Teller voller Kuchen, und als ich ein Stück nehmen wollte, da kam doch so ein Rauhbein, ein frecher Bengel, so ein großer Dicker, der schubste mich an die Seite und nahm den ganzen Teller für sich. Ich bin fast hingefallen und fand mich an einem großen Baumstamm wieder. Es gibt eben Rücksichtslose, die gab's nun auch dort. Den Kuchen gab es aber erst abends und nur für Leute, die am Fenster standen und guckten, um die Braut zu sehen, die Braut hat auch immer etwas raus gereicht, es hieß eben, die Zuschauer müssen die Hochzeit loben, und darauf hat man sich eingestellt, dann gab es etwas dafür zum Essen. Es konnte auch auf anderen Hochzeiten mal Puffer sein oder Sandkuchen, da habe ich oft etwas abbekommen und es war immer hausgemacht und hat immer gut geschmeckt.

Ursel: Am 9. Dezember 1935 haben wir dann unser schönes Steinforth verlassen, das Viehzeug mussten wir mitnehmen, man konnte sich kein neues kaufen, deshalb wurde alles Vieh mitgenommen. Da habe ich mit meinem Vater und noch einer Familie die Kühe nach Neustettin gebracht, das waren 15 Kilometer. Da wurden sie in Waggons geladen und bis in die neue Heimat gebracht, das war die Bahnstation Villnow, und dann waren es noch mal fünf Kilometer, bis wir mit ihnen am Zielort ankamen, das heißt, in Naseband, dem neuen Heimatboden. Die erste Zeit mussten wir uns erst einmal sehr daran gewöhnen, das war sehr schwer. Durch dieses Umziehen und Viehtreiben bin ich gleich danach sehr krank geworden, ich hatte einen dick geschwollenen Hals und konnte in der ersten Zeit überhaupt nicht zur Schule gehen. Ich bin dann erst Anfang 1936 wieder dort zur Schule gegangen, nachdem ich von dieser schweren Krankheit genesen war. Aber in Steinforth war alles schöner, wir wohnten dort in der Dorfgemeinschaft, jeder kannte jeden, und in Naseband wohnten wir einen Kilometer vom Dorf entfernt, weit und breit erst mal kein Nachbar, ich hatte einfach Heimweh.

Die Großeltern sind noch länger in Steinforth geblieben, und wir als Familie mussten uns auch in Naseband erst akklimatisieren. Tante Emma, als erwachsene Tochter, ist auch erst mal in Steinforth geblieben. Sie hat dort eine Arbeit gefunden. Aber meine Großeltern konnten da nichts mehr werden, das Dorf war leer, ein verlassenes Nest im wahrsten Sinne des Wortes, und deshalb sind sie nach Naseband zu uns nachgezogen. Mein Vater hat dann gleich bei uns in Naseband angebaut, zwei große Räume, solide gebaut, und unterkellert, also beide Teile, eben das ganze Haus. So haben meine Großeltern dort mit uns auch gelebt. Sie hatten ein Zimmer, gekocht hat meine Großmutter dann bei sich, weil ältere Menschen anders essen als jüngere Leute. Meine Großeltern waren ja inzwischen auch schon um die achtzig Jahre. 1938 wurde in Naseband das goldene Mutterkreuz verliehen, und da meine Großmutter ja viele Kinder hatte, insgesamt zehn Kinder, sollte sie auch das goldene Mutterkreuz bekommen. Das war im Juli 1939. Da wir ja nicht motorisiert waren, ist meine Großmutter zu Fuß zu dieser Veranstaltung gegangen und es ist ihr auch das goldene Kreuz verliehen worden. Sie war es aber gar nicht gewöhnt, mit achtzig so lange Wege zu Fuß zu gehen, vielleicht hat sie sich auch zu sehr angestrengt, jedenfalls war sie gleich danach krank, sie bekam eine Lungenentzündung, da war nichts zu machen, drei Tage war sie krank. Meine Mutter war zu der Zeit schwanger mit meinem jüngsten Bruder. Sie sagte zu mir: Ach, geh du doch mal zu Oma rein. Sie weinte sehr und sagte: Mich regt das so auf, der Oma geht es ganz schlecht. Da ging ich zu meiner Großmutter ans Bett und weinte sehr. Aber sie sagte: Was hast du? Hast du dich gestoßen? Oder was tut dir weh? Ich schüttelte den Kopf und sie fragte: Hast du was im Auge? Komm mal her. Das sagte sie sehr zärtlich. Ich werd' es dir wegpusten. Und so wie die alten Leute früher waren, hat sie einen Spruch gesagt: Im Namen des Vaters, des Sohnes und des Heiligen Geistes – also ein Gebet gesprochen… Dann fragte sie: Na, ist es jetzt besser? Ich schluckte an meinen Tränen und sagte, es sei jetzt besser, ich wollte ja nicht sagen, ich weine um dich. Ihr Zustand verschlechterte sich zusehends, es kam auch eine Nachbarin, die meinte, es steht sehr schlecht. Ein Arzt war, so abgelegen, überhaupt nicht zu kriegen, der musste von wer weiß wie weit kommen, und in Naseband gab es keinen Arzt. Ich hatte mich bereiterklärt (Ursel war fünfzehn Jahre alt), bei meiner Großmutter zu schlafen, nicht bei ihr im Bett, sondern da war eine Couch, auf der habe ich geschlafen. Der Großvater schlief im selben Zimmer in seinem Bett, und so aus halbem Schlaf wurde ich wach und sagte zu ihm: Du, Großmutter atmet gar nicht mehr. Er schreckte hoch und sagte: Großer Gott, Mutter atmet wirklich nicht mehr... Dann haben wir Kerzen angezündet, es gab ja kein elektrisch Licht, und mein Großvater hat sich zu ihr ans Bett gesetzt, dann hat sie noch einen Atemzug getan und dann wurde es ganz, ganz still.

Wie das damals so war, haben wir die Nachbarin geholt, sie konnte so was, nämlich verstorbene Menschen waschen und vorbereiten. So habe ich gesagt, ich gehe hinüber zur Nachbarin, und ich werde es niemals vergessen, ich sehe es noch heute richtig vor mir, es war ganz, ganz heller Mondschein, wahrscheinlich Vollmond, da bin ich rüber gegangen zu den Nachbarn und habe zu Frau Lippert gesagt: Unsere Oma ist verstorben... Frau Lippert ist dann mitgekommen, und während der Vorbereitung bin ich rausgegangen. Ich war sehr, sehr traurig... weinte und war unendlich traurig...

Der Großvater folgte ihr ein Vierteljahr später, im Oktober 1939. Er war an einem stürmischen Regentag seinem neunjährigen Enkel Günter gefolgt, der zum Kühehüten auf den Wiesen unterwegs war. Der Großvater wollte nicht, dass sein Enkel alleine mit den Kühen der starken Witterung ausgesetzt war. Aber auch dies war wohl für ihn als Achtzigjährigen zu anstrengend, er hatte sich erkältet und bekam auch eine Lungenentzündung, an der er dann auch verstarb.

Zu ihrem Nachruf können wir sagen, dass sie liebevolle Eltern waren, sich beide auch in jungen Jahren in großer Liebe gefunden hatten, in ihrem Erziehungsstil sind sie mehr mit gutem Beispiel vorangegangen, haben nicht geprügelt, sondern eher mit klaren Worten erzogen, sie waren kritisch gegen die aufkommende Nazizeit, gegen die Kriegmacherei, haben aber jedes Kind seinen eigenen Weg gehen lassen. Aber die Großmutter, als alternder Mensch, hatte stets vor Hitler gewarnt, besonders gegenüber ihrem jüngsten Sohn, als er kriegsverpflichtet wurde, sie hatte die verheerenden Folgen vorausgesehen.

Die folgenden Geschichten sind nun Erinnerungen an die Zeit in Naseband. Es gibt zwei kuriose Geschichte über ihre Gänse, die sie auf dem Hof hielten. Ursel: In Naseband hatten wir dann eine größere Landwirtschaft, zwei Pferde, den Hans und die Liese, und

Gänse. Gänse, das war etwas Besonderes, sonst wurde vor Weihnachten, wenn es kalt wurde (es gab ja keine Kühlschränke) immer nur gepökeltes Schweinefleisch gegessen. Also waren Gänse für uns eine Delikatesse, besonders zu Weihnachten die Gänsebrust, die geräucherte Gänsebrust, darauf freuten wir uns schon den ganzen Winter. Aber einmal sind uns unsere Gänse alle ertrunken, das ist natürlich absurd, dass eine Gans ertrinken kann, aber das war wirklich so. Mein Vater hatte Gülle gefahren. Und er war dabei, das auszupumpen aus diesen Gülle-Behältern in eine Grube. Und da ist die Gans mit ihren Nachkommen darüber gewackelt und plumps, plumps, plumps, eins nach dem anderen ist in die Grube gefallen und ertrunken, allein schon von den Ammoniakdünsten. Ja, und das war ein Jahr, da hatten wir gar nichts, unsere Vorfreude auf die Gänsebrust war passé.

Ein anderes Jahr, da hatten wir zehn Gänse, ach, und der eine Verwandte hatte eine Gans bestellt, ihr, Britta, dein Vater hatte auch eine Gans für euch bestellt, und andere Verwandte hatten eine Gans bestellt, es waren ja genug, und für uns blieb dabei auch noch etwas übrig. Der Brauch allgemein war: Man nahm die Gänsefedern sehr gerne für Betten, deshalb mussten die Gänse, bevor sie geschlachtet wurden, auch gebadet werden. So haben wir sie in der Futterküche in einer großen Wanne gebadet, danach in den Stall gesperrt und auf sauberes Stroh gelagert. Und in dem einen Jahr, wo wir zehn Gänse hatten, konnten wir diese nicht alle in unserer Wanne baden, die war dafür einfach zu klein. So haben wir überlegt: Ganz in der Nähe, da hatte der Nachbar einen Teich, nicht am Haus, sondern im Wald, und das war von uns gar nicht weit weg. Es war ein schöner sauberer Teich. Und wir haben gesagt: So, die ganze Familie angetreten, einer links, oder zwei links, zwei rechts, meine Mutter, meine Brüder, mein Vater und zwei Landhelfer. Damit die Gänse nicht in den Wald flüchten konnten, haben wir sie schön auf den Teich zugetrieben. Und die Gänse haben sich gefreut, Britta, die haben gepaddelt und gepaddelt und mit den Flügeln sich gewaschen und geschnattert, das war eine wahre Freude. Die Gänse werden ja um Martini, 10. November, geschlachtet, und es war sehr kalt zu dieser Zeit. Da wir nun schon eine Zeit den Gänsen zugeschaut hatten, sagten wir: Nun sind sie aber sauber, nun ist es Zeit, dass wir sie runterholen vom See, und dass wir nach Hause gehen, um nicht blau zu frieren. Den Gänsen aber hat das so im Teich gefallen, sie kamen einfach nicht runter. Da hat mein Vater gesagt: „Ne Leine! Ne große Leine…", der eine links, der andere rechts, und dann mit der Leine die Gänse vom Teich runter treiben, so war es gedacht. Aber, was meinst du, unsere schlauen Gänse, die machten einen galanten Satz über die Leinen, mit einem Flügelschlag, plumps, und sie waren auf der anderen Seite… Du konntest machen, was du wolltest, die Viecher kamen einfach nicht runter. Ja, was blieb uns anderes übrig… Wir haben uns gesagt, ja, Mensch, alle mit einem Mal weg? Da kann ja auch der Fuchs kommen, weil es ja im Wald war, aber wir meinten auch, alle mit einem Mal kann er nicht holen, dann müssen wir damit vorlieb nehmen, wenn er uns eine wegfrisst, mehr können wir nicht tun, wir müssen nach Hause, um nicht zu erfrieren, und schweren Herzens ließen wir unsere Gänse auf dem Wasser und gingen nach Hause.

Am nächsten Morgen haben wir schon früh gesagt, nun müssen wir mal gucken, wie viele Gänse noch da sind und ob sie überhaupt noch auf dem See schwimmen. So sind wir hingegangen, und, oh Wunder, die waren alle runter vom Teich und saßen fröhlich schnatternd am Ufer und puhlten sich die Federn, so saßen sie unbekümmert, ach, da haben wir uns aber alle gefreut und dann haben wir sie nach Hause getrieben, unsere sauberen Gänse, jedoch am Ende kamen sie alle dennoch in den Kochtopf… Wenn wir darüber später immer noch sprachen, dann amüsierten wir uns im Stillen über meinen Vater, denn er war an dem Abend so wütend geworden, dass wir die Viecher nicht kriegten, deshalb hatte er den Hut vom Kopf genommen und ihn den Gänsen hinterher geschmissen, aber die haben sich auch darum nicht gekümmert, die haben nur geguckt, was ist denn das? Und dann sind sie lustig weitergeschwommen.

Ursel erzählt noch eine anrührende Geschichte von einem Gänserich auf ihrem Hof: Mein Vater, der hatte viel in der Schmiede im Dorf zu tun. Auf so einem Bauernhof fällt immer was an, mal ist 'ne Flugschar stumpf, mal fehlt 'ne Schraube, mal müssen die Pferdehufe erneuert werden... und so weiter. Jedenfalls die Tochter von dem Schmiedemeister, der auch Lehrlinge ausbildete, das war meine Schulfreundin, mit der hab' ich ab 5. Klasse immer zusammengesessen: Ursula 1 und Ursula 2. Sie ist nach der Flucht auch in Bönningstedt gelandet. Sie lebt da auch heute noch, und es gab über die Jahre immer ein gemeinsames Interesse an all unseren Lebenswegen. Und der Gänserich, von dem ich hier erzähle, betraf unsere beiden Familien, so ist die Geschichte, mit der er berühmt wurde, auch über die Jahre immer mal wieder unser Thema, wenn wir telefonieren.

Mein Vater kam eines Tages zum Schmiedemeister, sie waren gut miteinander bekannt. Der Schmied klagte meinem Vater sein Leid, sie hätten seinen Gänserich überfahren, und ohne Gänserich keine kleinen Güssel, und sie freuten sich doch jedes Jahr auf kleine Güssel und dann nachher auf den Gänsebraten, und was nun? Otto, weißt Du nicht 'nen Rat? Ach, sagte mein Vater, ich weiß 'nen Rat, das trifft sich gut, wenn Du keinen Gänserich hast, wir haben zwei, und der eine, naja, der hat nichts zu tun. Da hat der Schmied gesagt, Mensch, verkauf' ihn mir doch! Nee, sagte mein Vater, das kann ich nicht machen, meine Frau hat ihn zur Konfirmation von unserem Sohn als Gänsebraten vorgesehen. Nee, sagte der Schmied, Gänsebraten kann man nur in

der Winterzeit machen, Du weißt doch, Otto, im Frühjahr, wenn die Viecher Gras gefressen haben, schmeckt
das Fleisch gräsig, also dafür könnt ihr ihn nicht vorse-
hen… Na gut, stimmte mein Vater zu, dann kriegt ihr ihn
geliehen, verkaufen geht nicht. Ja, einverstanden, freute
sich der Schmied, dann nehmen wir ihn geliehen. Also
der Gänserich wurde in einem kleinen Gatter mit dem
Fuhrwerk von unserem abgelegenen Hof ins Dorf zum
Schmied gebracht. Und es klappte toll, im Frühjahr hatten sie viele wunderschöne kleine Gänschen.

Nun aber weiter: Der Gänserich war bei uns be-
rüchtigt dafür, dass er angriffslustig ist und mächtig giftig
auf alle zulief und hinten in die Beine zwickte und biss,
mein kleiner Bruder lief immer schreiend davon, wenn
der aus den Stallungen sich zischend in Bewegung setzte.
Ich hatte meinen eigenen Umgang mit ihm, ich griff ihn
am Hals, drehte ihn zweimal um sich rum, davon wurde
ihm schwindlig und dann trollte er sich davon.

So kam er dann wohlverpackt wieder zu uns auf
den Hof zurück. Kaum sah er uns, da lief er uns schon in
die Hacken. Aber dann, ziemlich bald, war er plötzlich
weg! Wir dachten, der Fuchs hat ihn geholt… es war aber
märchenhaft anders: Er war eines Tages von unserem
Hof losmarschiert, und das waren bestimmt zwei Kilometer, die er gewatschelt ist, jedenfalls erschien er plötzlich auf dem Hof des Schmiedes, die saßen gerade beim

Mittagessen und hörten mit einem Mal ein furchtbares ohrenbetäubendes Gänsegeschrei. Er begab sich laut schnatternd sofort in seine Gänsefamilie, die ihn aufgeregt begrüßte, alle schnatterten und zeterten durcheinander.

Als mein Vater dies hörte, sagte er zum Schmied, das ist ja wirklich ein Wunder, nun könnt ihr ihn behalten, denn solch eine Treue muss belohnt werden. Er war dann in seiner Familie nicht mehr so angriffslustig, sondern eher ein normaler Gänse-Hausvater. Er wurde nicht geschlachtet, sondern hat den Poleneinmarsch, den Russeneinmarsch und unsere Flucht überlebt. Und wenn er nicht gestorben ist, dann lebt er noch heute.

Britta schüttelt angerührt den Kopf und lächelt: Was hatten wir als kleine Kinder für eine Angst vor diesem „Monster", ich wollte manchmal gar nicht auf den Hof raus... Am Ende war er solch eine kleine Persönlichkeit, seine Familie ging ihm über alles.

Wir sind ja nun länger schon in Ursels Erzählen in Naseband gelandet, der zweite Heimatort von Ursel und ihrer Familie im ehemaligen Pommern. Im Weiteren kommen Schilderungen von ihrem gesamtfamiliären unglaublichen Arbeitseinsatz im Haus, auf dem Hof und im Feld. Es herrschte immer wieder ein strenger Arbeitsdruck vom Vater, sonst war er ein hilfsbereiter und aufrichtiger Mann, der im Ort sehr geschätzt war, aber die eigene strenge Arbeitsdisziplin wurde auch auf die Familie übertragen. Ursel zitiert einen Leitspruch ihrer Familie, besonders vom Vater her bekannt: Arbeiten musst du von früh bis spät, sonst wird dir nichts geraten, der Neid sieht nur das Blumenbeet, aber nicht den Spaten. Ursel weiter: Also in Naseband war der Bauernhof, den wir hatten, sehr viel größer. Wir hatten wesentlich mehr Arbeit, und besonders schlimm war es mit der Kartoffelernte. Wir hatten uns verpflichtet, 900 Zentner in die Brennerei zu liefern und die wollten gepflanzt, gesammelt und nachher weggefahren werden (Ursel stöhnt heute noch und sagt, dass war unglaublich viel). Ja, so hatten wir sehr viel zu tun! Uns gefiel das manchmal gar nicht, und selbst die Pferde, die das ja alles aufpflügen und bearbeiten mussten, die ließen schon die Nüstern hängen. Na, und dann mit einem Mal hieß es, von der Ernte kommend, es ist Krieg, und da hatten wir noch mehr zu tun, wir hatten zwar einen polnischen Gehilfen zur Mitarbeit, und der schickte sich auch sehr gut an, war fleißig und anstellig, aber trotzdem, wir hatten wirklich als Kinder schon sehr zu arbeiten… Britta: Das war dann 1939, also Günter war neun Jahr alt und du, Ursel, fünfzehn Jahre. Ursel: Ja…! Und so als Ältere, weil wir ohne Ende auf der Erde gelegen haben und Kartoffeln gesammelt haben, habe ich mir etwas ausgedacht, ich war eben auch ehrgeizig, um uns die Arbeit zu erleichtern, ich habe gedacht, na ja, ich geh' mal schon vorher und reiß' die Kartoffeln aus, dann geht es nachher schneller, wenn richtig geerntet wird, das hat am Ende aber nicht viel gebracht. Britta: Ihr musstet wirklich schon als Kinder sehr schwer ran… Ursel: Ja, das war wirklich so, du musstest schon etliche Kühe melken und ich war nicht die Stärkste, die Arme sind mir oft eingeschlafen, dann konnt' ich nicht mehr… Aber ich habe mich in dieses Arbeiten reingefunden, ich war bemüht, jede Arbeit zu erlernen, die auf dem Land vorkommt, ich hab' alles gemacht, was ein Mädchen können sollte, das, so wie ich, Bäuerin werden würde. Im Krieg wurde es dann aber besonders schwer, die ganze Arbeit zu bewältigen. Die Väter waren weitgehend eingezogen, und so fiel noch mehr Arbeit uns Jugendlichen zu. Wir waren drei Bauerngehöfte, die hatten sich zusammengetan, jede Woche fuhr einer die Milch zur Sammelstelle, immer im Wechsel. Dann dort in Naseband war ja ein sehr großer Wald, der umschloss ein großes Moor. Es gab eine Waldgenossenschaft, zu der wir auch gehörten, also wurde dort Torf gestochen. Zur Waldgenossenschaft und zur Försterei gehörte ein Trekker, den konnte man zur Unterstützung der Arbeit ausleihen. Auch um das Korn zu mähen, drei Pferde musste man vor den Bindemäher einspannen, da hat der Trecker uns wirklich sehr gute Dienste getan, er hat das Korn zu Garben gebunden, das wurde ja vorher alles per Hand gemacht. Da nun mein Vater, sehr spät, aber auch eingezogen wurde, musste Günter als Vierzehn-, Fünfzehnjähriger die ganze Verantwortung für die anfallende Arbeit auf dem Hof und auf dem Feld übernehmen.

Zum Abschluss dieser Episode des gesamten Arbeitseinsatzes zur Organisation des Bauernhofes und bevor dann weitere Kriegsereignisse eine große Veränderung, bis zur Flucht, herbeiführen, frage ich Ursel aber noch mal, wie sie denn mit ihrer gesamten Arbeit zu Geld gekommen sind, das interessierte mich sehr, weil sie ja auch bestimmte Sachen, die sie nicht selber hergestellt haben, zum Beispiel, Bausteine, Zäune und so weiter, bezahlen mussten. Ursel: Also, die Genossenschaft, die haben Geld erwirtschaftet, wenn man da Mitglied war, bekam man dort auch einen Geldanteil, und dann haben wir ja auch Viehzeug verkauft, mal Kälber, mal Ferkel, wir hatten immer sehr gute Ferkel, die waren ratz-fatz weg, auch hat mein Vater ja Land urbar gemacht und da hat er Geld vom Grünen Plan gekriegt, weil er eben Land urbar gemacht hat. Da war ein See, ich weiß nicht, ob du den kennst, der war ganz flach und an beiden Seiten Gestrüpp und Torf, und so hat das mein Vater alles urbar gemacht, da wuchs nichts drauf, und damit es mürbe wird, hat es mein Vater mit Kartoffeln bepflanzt, diese ganze Fläche, das waren bestimmt insgesamt zehn Morgen, die mein Vater urbar gemacht hat. Auch das war ein unglaublicher Arbeitseinsatz. Aber als der Krieg zu Ende war, das heißt später, in den siebziger Jahren, als wir die polnischen Nachbesitzer unseres Hofes das erste Mal besuchten, war dort alles wieder Brache, alles zugewachsen, keiner nutzte diese Fläche mehr zum Sähen oder Pflanzen, um sie weiter fruchtbar zu halten. Ursel erzählt dann noch eine Geschichte über ihren Vater und das Kartoffelsammeln. Er war sehr fleißig und ehrgeizig, und es war üblich im Dorf, über seinen Arbeitseinsatz zu berichten, man war eben sehr angesehen, wenn man fleißig war. Ursel: Meine Nachbarfreundin und ich, wir legten uns nun beim Kartoffelsammeln auch mächtig ins Zeug. Auf einmal fand ich ein Fünf-Mark-Stück und rief: Papa, Papa, guck mal, was ich gefunden habe… Da lachte er und sagte: Das hab' ich dir dahin gelegt, weil du so fleißig bist… Und bei dieser Ernte hatten wir, meine Freundin und ich, insgesamt 40 Mark verdient. Ich habe mir von einem kleinen Teil davon Süßigkeiten gekauft, die waren damals sehr billig, Pfennige, und den größten Teil habe ich aufgehoben, weil meine Konfirmation vor der Tür stand. Ich bin dann mit Mama und dem gesparten Geld nach Neustettin gefahren, um das Konfirmationskleid zu kaufen. Und wegen meiner Ersparnisse konnte ich noch ein zweites, nachtblaues Kleid kaufen, das Blau stand mir besonders gut, sagten alle, selbst der Lehrer meinte, wie schön ich damit aussehe.

Ursel schaut versonnen in die Ferne ihrer Kindheitstage: Weißt du, sagt sie nach einer Pause, manchmal habe ich, trotz der vielen Arbeit, die i m m e r anfiel, auch die Schönheit unserer Felder rundherum zu allen

Jahreszeiten in Erinnerung, gerade sah ich das Flachsfeld, das mein Vater angelegt hatte. Wenn der Flachs blau blühte und der Wind über das Feld wehte, da war es wie in Gold getaucht, wirklich, wenn der Wind die Pflanzen so hin und her bewegte, dann schimmerte alles wie pures Gold. Aus den Blüten entstanden die kapselförmigen Früchte, die ernteten wir so im August. Die Kapseln an der Pflanze mussten schon fest gehärtet sein. Dann wurden erst die Pflanzen rausgezogen und auf dem Feld getrocknet. Es gab so überdachte Holzvorrichtungen, durch die der Wind blasen konnte, darauf waren sie gelagert. Es musste erst alles knochentrocken sein, dann kamen sie als kleine Bündelchen in die Scheune. Dann wurden sie mit dem Klöppel geschlagen, damit die Samen rauskommen. Diese wurden zur Mast für die Kälber als Futter verwertet, zum Appetitanregen und zur Verdauung. Die Leinsamen wurden unter die Milch gemischt, die die Kälbchen zum Trinken bekamen. Das Vermischen mit der Milch haben wir mit der Hand gemacht und dem Kälbchen, wenn es trinken wollte, den Zeigefinger in der Milch hingehalten, dann haben sie kräftig daran gesuckelt, in der Meinung, dass das die Zitze von der Mutterkuh ist, so wurde das ein paar Mal gemacht, dann tranken sie die Milch mit dem Leinsamen von alleine.

Der Flachs blieb übrig und wurde zu Fäden gesponnen, daraus wurden Tücher sowie Hemden gewebt. Die Männer haben häufig Leinenhemden getragen, aber auch Totenhemden wurden aus dem Flachs gewebt.

Wir schauen nun noch weiter in das junge Leben von Ursel, das, was ihr lebendig und besonders in Erinnerung geblieben ist. Ursel: Ich bin also 1939 in Naseband eingesegnet worden, das war sehr feierlich und auch sehr üppig. Günters, meines Bruders, Einsegnung 1944 war dagegen dann sehr karg, die späten Kriegsnöte waren da schon sehr spürbar. Britta: Wie verlief denn so ein Konfirmationstag zu eurer Zeit? Ursel: An meinem Konfirmationstag haben wir uns alle morgens versammelt, dann sind wir rüber in die Kirche gegangen. Wir waren in unserem Jahrgang sehr viele, deshalb gingen wir zu zweit zum Altar und wurden gemeinsam eingesegnet. Ich ging mit meiner Freundin, die auch Ursula hieß. Unsere Kleider waren sehr schön, die hatte eine Schneiderin genäht und sie waren im Stil sehr ähnlich. Eingeladen waren die Nachbarn und die Paten. Meine Paten waren unser Großvater Noeske, eine Cousine von ihm namens Minna und meine Großmutter Kopitzke. Ich war ja nun die einzige Tochter und das war für meine Mutter das ganz Besondere. Sie wollte dies auch beweisen. Von ihrem Zuhause aus war sie es bei acht Kindern nicht so gewöhnt, dass aus einer Konfirmation etwas Besonderes gestaltet wurde. Sie aber wollte dies hier ganz besonders zeigen, es wurde geputzt und geschrubbt, gemacht und getan, in allen Vorbereitungen schon. Auch unsere Nachbarin, Frau Lippert, wollte helfen, vor allem beim Kochen. Es sollte Gänsebraten geben, und das hieß bei vielen Gästen, nicht nur eine Gans, sondern mehrere, die vorzubereiten waren. Aber es hieß plötzlich, man solle, wenn das Gras schon draußen sprießt, keinen Gänsebraten mehr machen, weil die Gänse dieses schon fressen, und dann würde das Fleisch nicht schmecken, so sagte man auch hier, es schmecke gräsig, also nach Gras... So blieben die Gänse am Leben und es gab dann einen anderen Braten. Mein Vater hatte dann noch einen großen Krug Wein bestellt, in so einer umflochtenen großen Kruke, den sollte es nach dem Essen geben. Den hatte er aus Groß-Tüchow, einem kleinen Flecken, auf dem Pferdewagen abgeholt. Als er zu Hause ankam, war der Wein weg, der war ihm unterwegs vom Wagen gerollt. Er sagte schockiert: „Oje, wo ist denn das passiert?" So musste er noch einmal zurück, und dann lag die Kruke gar nicht weit weg von zu Hause, an einem abschüssigen Weg, da war sie runter gerollt, auf weichen Sand gefallen, so war sie unversehrt und er brachte seine Kruke Wein nach Hause. Mittag gab es dann für alle nächsten Angehörigen, zum Kaffee aber kamen viele Nachbarn, auch mit ihren Kindern. Manche Nachbarn hatten schon ein Auge auf mich geworfen für ihren Sohn, stell dir das mal vor. Es gab dann noch ein Abendessen für alle, wir hatten ja geschlachtet und es war genug da. Es gab also zum Abend alles handgemacht: Wurst, Schinken, Sülze, wunderbares Sauerfleisch. Dazu das handgebackene Brot aus dem großen Backofen.

Ursel ist nun zu einem sehr hübschen jungen Mädchen herangewachsen, sie ist schlank und rank und immer noch hellblond, sehr lebendig und kann schon sehr viel. Manche Nachbarsfamilien spähten sie auch besonders aus, um für ihre Söhne Fäden zu knüpfen. Eine Familie war besonders engagiert, da erzählt aber Ursel, dass der Sohn zwar ein sehr lieber Junge war, aber für sie zu ruhig und nach innen gekehrt. Der kam für sie deshalb auch nicht in Frage.

Ursel: Wir Mädchen, vor allem, als wir so fünfzehn waren, liebten den Umgang mit dem Poesiealbum: Die Freundinnen, die Lehrer, der Pastor, jeder schrieb mal was rein. Aber die Jungs meistens schrieben so'n poesielosen Quatsch rein: Zum Beispiel „Lebe glücklich, lebe froh, wie der König Salomo, der auf seinem Throne saß und verfaulte Äpfel fraß..." Darüber waren wir Mädchen wütend. E i n Junge aber, ein Stiller, nicht so'n Rabauke, der hatte ein enges Verhältnis zu seiner Mutter, weil der Vater sich erhängt hatte, wir wussten im Dorf nicht weshalb, aber dieser Sohn war nicht nur ein stiller, sondern auch ein kluger, hübscher Junge, und ihn fragte ich mit m e i n e n stillen Sympathien um einen Poesiealbumsspruch. Er sagte: Ja, und du bekommst das Album morgen zurück. So war ich sehr neugierig auf das, was er reingeschrieben hat:

Wär ich ein Gärtner
pflanzt ich Dir ein Bäumchen

wär ich ein Dichter
dicht' ich Dir ein Träumchen
da ich kein's von beiden bin
schreib ich Dir von Herzen meinen Namen hin
Zum Andenken, Ullrich

Britta: Oh, wie schön, ein besonderer Junge aus
Eurer Dorfjugend. Ursel: Ja, wir waren immer e i n e
Gruppe, Jungs und Mädchen. Wenn ich im Dorf war, die
haben mich immer alle nach Hause begleitet. Es gab einen Zusammenhalt... Ursel kommen die Tränen: Einige
davon sind bald darauf im Krieg gefallen, ach...

Wir machen eine längere Pause in der Aufnahme
unserer Gespräche, wir beschließen, uns einen Tee zu
machen. Dann sitzen wir, wie gewohnt, uns in ihrer kleinen Wohnstube gegenüber. Ich im Sessel, sie auf dem
gegenüberliegenden Sofa in der einen Ecke sitzend, und
Herbert ist noch nicht zurück vom Mittagsschlaf, so ist
die andere Ecke des Sofas noch nicht besetzt. Ich verste-
he sie in all ihren Gefühlen ohne Worte, und sie bemerkt
dies. Ich betrachte still ihr zart geschnittenes Gesicht, die
hohen Backenknochen, die im Alter kleiner gewordenen,
leicht schräg liegenden blauen Augen, die feine gerade
Nase, den schmalen Mund... finnische Abstammung,
wird uns ja durch die Völkerwanderung aus der vor-
christlichen Zeit nachgesagt. So wandern meine Gedan-

ken. Ich sage zu ihr: Wir sind durch den Krieg wie die Blätter im Sturm, wenn sie an ihrem Stamm nicht mehr festhalten können, in alle Richtungen verweht worden. Jedes Blatt, jeder Samen, wo er niederfiel, hat neue Wurzeln gebildet. Dies haben wir alles hinter uns, auch ich als siebzehn Jahre Jüngere. Da, wo der Schicksalssturm uns als Teil und Samen dieser Erde hingeworfen hat, haben wir, wie alles in der Natur, uns zum Wachsen durch ein Menschenleben hindurch weiter entschieden. All Deine Verluste kann ich Dir durch unsere Begegnung nicht ersetzen, sage ich, während ich im Teeglas rühre, und Du mir auch meine Verluste nicht. Aber, dass wir uns auf Erinnerungen eingelassen haben, dass Du Dich auf meine Fragen eingelassen hast, dass ich durch Dich über meine Großeltern und mehr über meinen Ursprung erfahren habe, der mir durch den Krieg abhanden gekommen ist, dass wir uns darüber über Jahre begegnen und zusammensitzen, dafür habe ich Dich lieb bis in unseren Ursprung zurück und in die Gegenwart, die alle Verluste benennt. In der Rückbesinnung kann keiner die Verluste ersetzen, aber im Miteinandersprechen hat das Verstehen zu unserer tiefen Vertrautheit geführt.

Ursel: Das wäre ja beinahe ein Modell für Völker, die durch Krieg entfremdet worden sind, sie zum Verstehen und zur Neugestaltung ihrer Geschichte aufzufordern... Wir stoßen mit unseren Teetassen darauf an.

Wir kehren nach dieser Pause wieder zurück in ihre Jugendzeit. Auf meine Frage, ob sie denn auch tanzen gegangen sei, sagt Ursel: Zum Schulabschlussfest haben wir alle miteinander getanzt. Sonst waren auch in der Gaststätte manchmal Festlichkeiten, bei denen die Jugendlichen auch anwesend waren und miteinander getanzt haben. So etwas fand in dem Saal der Gaststätte statt, in dem sonst auch Filme gezeigt wurden. In meiner Jugendzeit war das Nazitum in unserer Gegend auch schon zugange. So kam es auf solchen Veranstaltungen auch zu heftigen Wortgefechten der Gegner und zu Handgreiflichkeiten. Ich erinnere mich: Meine Eltern und ich, wir wollten zum Tanzen gehen, es könnte der 1. Mai gewesen sein. Mein Vater war vorübergehend in einer anderen Ecke der geselligen Anwesenden in ein Gespräch verwickelt, und da warteten Mama und ich einen Augenblick auf ihn. Wir standen außerhalb des Tanzsaales, also draußen, es waren auch einstige Schulkameraden anwesend. Da waren auch zwei Brüder, von deren Familie wir wussten, dass sie gegen den Nationalsozialismus waren. Und während wir nun schon eine Weile auf meinen Vater warteten, kamen der ältere der beiden Brüder und der Ortsleiter von der Partei vorbei. Sie gerieten in ein Wortgefecht und bekamen sich heftig in die Haare, und ohne dass man es vermuten konnte, hat dieser ältere Bruder dem Parteimann eine geboxt, so dass dieser sofort ein blaues Auge hatte. Der Parteimann wollte wohl auf's

Gericht, aber es ist nichts für diesen Bruder nachgekommen. Es war auch noch nicht die ganz böse Zeit, wo jede Kritik von Denunzianten gemeldet wurde und man mit einem bösen bis tödlichen Nachspiel rechnen konnte.

Ursel: Ich war noch gar nicht so lange aus der Schule, da begann der Krieg. Natürlich hatte ich Freundinnen, Freunde und Bekannte. Aber die etwas älteren jungen Männer kamen schon in den Krieg und man konnte sich dann nur Briefe schreiben. Ich wollte das auch. Mein Vater sagte erst nichts dazu, aber dann doch: Da kannst du auch schreiben und befreundet sein. So weiß ich noch, ich bekam zwei Briefe und die hat mein Vater aufgemacht und gelesen, da hat meine Mutter gesagt: Das ist aber sehr unrecht, die Briefe haben doch die jungen Männer an Ursel geschrieben, und da kannst du doch nicht einfach die Briefe öffnen, ob sie mit dem Briefschreiber nun befreundet ist oder mehr, das steht dir nicht zu, darin zu lesen. Mein Vater aber hat gesagt: Also, vor dreißig Jahren kommen keine Männerfreundschaften in Frage... Ursel und Britta lachen amüsiert. Ursel: Aber ich hatte Freundschaften, doch nicht so wie heute, heute gehen die jungen Leute doch zuerst ins Bett. Das kannten wir gar nicht. Gefühle und zarte Liebe sind trotzdem da gewesen. Ursel sagt lachend: Am Ende habe ich mich aber daran gehalten, ich habe ja meinen Mann Herbert erst mit über dreißig Jahren geheiratet... Britta lacht mit ihr: So bist du eine treue Tochter gegenüber deinem Vater geworden.

Die Hoffnungen, dass sich durch das Briefe-
schreiben die Freundschaften erhalten konnten, wurden
in allen jungen Herzen (so wie in allen Menschen Euro-
pas) bitter enttäuscht. Ursel beschreibt ihre Erinnerung
daran so: Es ist alles anders gekommen, ich hatte einen
Freund, den mochte ich sehr, das war auch ein Bauernsohn. Mein Vater mochte den Vater als Mensch und
mochte auch den Sohn. Der Vater wurde im Krieg ver-
wundet… Und wir Jungen, also er und ich, wenn wir im
Dorf waren, schauten schon immer zueinander. So haben
wir uns auch getroffen und dann hat er mich nach Hause
begleitet und wir waren Hand in Hand, dann wollte er in
einer Umarmung auch etwas von mir, ich aber habe Nein
gesagt, besser nicht, und das war nicht leicht für mich.
Ich hab' zu ihm gesagt: Du gehst auch ‚ins Feld', und
wissen wir, was einmal wird, wie lange der Krieg noch
dauert und was uns blüht, nein, wir wissen es nicht. Ich
mochte ihn wirklich sehr gerne, ganz bestimmt, er hätte
auch sehr zu mir gepasst, aber dann ist er auch eingezogen worden, und ich habe das sehr bedauert. Wir haben
bestimmt eineinhalb Jahre nichts voneinander gehört,
dann kriegte ich mit einem Mal Post, so ganz für mich,
ich staunte, wirklich für mich? Der Brief war von ihm
und es stand nun in dem Brief: Liebe Ursel, du hattest
Recht, und wenn ich nach Hause komme, dann werden
wir heiraten, und wir werden alles so machen, wie du das
für richtig hältst, wir sehen uns wieder… U n d ! Drei

Tage später ist er gefallen, eine verirrte Kugel hat ihn getroffen… Ich hätte ihn gerne geheiratet und ich mochte die Familie sehr gerne, er hatte eine Schwester, die nach dem Krieg auch hier in Hamburg war, ich mochte auch sie, und wir waren noch viele Jahre in Verbindung.

Ursel spricht hier ganz allgemein noch einmal zur Hitler-Gläubigkeit: Viele haben gedacht, als der Krieg ausbrach, es kann ja gar nichts passieren, mein Vater auch, sie waren sogar euphorisch und meinten: Wenn Hitler die Arbeitslosigkeit besiegt hat, dann siegt er auch im Krieg… Aber alles war falsch. Mein Vater und andere haben es sehr spät erkannt, durch die Berichte der verwundeten heimkehrenden Soldaten, die erzählten, was wirklich an der Front los war, dass sich ganze Armeen verheizt und verraten gefühlt haben. Am Ende haben wir auch unseren Vater verloren, er galt, wie viele, als vermisst. Ursel sagt noch einmal empört, es muss 1938 gewesen sein, da sagte Adolf Hitler auf dem Reichsparteitag in Nürnberg: „Die Welt ist voller Kriegsgeschrei, ich aber glaube an einen langen Frieden!" Und das Ende vom Lied war: 1939 war der Krieg da, von Deutschland gegen Polen angezettelt. Wie schrecklich verlogen das alles war! Wir hatten im Radio die Reden des Sonderparteitages in Nürnberg verfolgt, und an diesen Satz habe ich mich immer wieder erinnert in der Zeit danach.

Im Folgenden berichtet Ursel über die brutale Vorgehensweise der SS gegen Leute, die sich kritisch zu den Nazis und zur SS geäußert hatten. Wir hatten ja in Naseband den evangelischen Pastor, der war ja ein Hitler-Gegner und hat daraus auch keinen Hehl gemacht. Da wurde er eines Tages abgeholt und ins KZ gebracht. In diesem Falle aber nicht sehr lange, er kam bald wieder zurück und erzählte, dass er in einem Konzentrationslager war: mit vor allem jüdischen Gefangenen, aber auch Kommunisten und anderen Verdächtigen... Das haben viele nicht geglaubt, auch unser Großvater nicht, der eigentlich gegen die Nazis kritisch war, die Leute erzählen vieles, so hieß es, und es geht uns, also mir und Herbert, meinem Mann, auch heute noch so, wenn wir einen Film über die Nazizeit sehen, dann können wir manches noch immer nicht verstehen, wie ein so wahnsinniger Mann alles und überall zugrunde richten konnte.

Ursel erinnert sich an den Lehrer Krause: Wenn in der Schule der Nationalsozialismus durchgekaut wurde, dann sagte der: Wir sind gesegnet, dass wir in dieser großen Zeit leben dürfen, und was war? Die SS hat ihn später erschossen, als er sich kritisch gegen diese äußerte. Und die Frau vom Lehrer Krause, unsere Handarbeitslehrerin, die war hundertprozentig für die Nazis. Sie bekniete auch immer meine Mutter, wenn die sich begegneten, also zu irgendeinem Fest, denn meine Mutter ging ja nie ins Dorf, dann hat die Frau Krause stets meine Mutter zu überzeugen versucht: Sie soll doch in die Frauenschaft eintreten. Ich sehe noch meine Mutter vor mir, die blieb dann ganz ruhig, hat ganz still dagestanden und runter geguckt hat nicht Ja und nicht Nein gesagt und ist eben nie in die Frauenschaft gegangen. Als kurz vor dem Zusammenbruch der Lehrer Krause erschossen wurde und wir auf die Flucht gehen mussten, hat diese Frau dann wortwörtlich gesagt: Ich war ja nie für die Nazis, nie dafür, wir waren platt vor Staunen, denn vorher war es genau das Gegenteil. Britta: So hat deine Mutter, wie auch unsere Großmutter, sich nicht manipulieren lassen, sie blieben kritisch gegen die Hitler-Leute.

Ursel: Da war bei uns im Dorf noch ein Geistlicher, Pastor Reimer, bei dem bin ich zum Konfirmandenunterricht gegangen und bin auch von ihm konfirmiert worden, und der hat auch offen und kritisch gegen die SS gesprochen, war deshalb auch im KZ, auch das wurde von ihm angeprangert, er wurde zwar in Ruhe gelassen, stand aber unter ständiger Bespitzelung und war bedroht, wieder ins KZ gesperrt zu werden. Er ist später nach England ausgewandert.

Ich sage zu Ursel, dass ich davon gehört habe, dass in der westpommerschen Hafenstadt Wolgast Progrome gegen Juden stattgefunden haben und frage Sie: Gab es das auch in Euerm Dorf oder in den Nachbardörfern? Ursel: Nein, es gab aus den politisch unterschiedlichen Richtungen erbitterte Gegnerschaften, wie ich es schilderte, ... Wir hatten einen Kolonialwarenhändler, das war ein Jude, aber der galt mit seiner Familie als zugehörig zu unserer Dorfgemeinschaft. Sie hatten zwei Töchter und einen Sohn, der ging irgendwo auf ein Internat zur Schule. Die beiden Mädchen waren so mein Jahrgang und waren auf unserer Schule. Die Älteste wurde häufig bei unserer Weihnachtsaufführung zur Christus Geburt als Maria gewählt. Nein, sie gehörten zu unserer Schul- und Dorfjugend, denen hat keiner was getan, das hätten wir mitgekriegt. Der Vater war eben, so wie man damals sprach, echter Jude, der mit allerlei Waren handelte. So begann er auch, als Mitglied in der Brennereigenossenschaft, die Kartoffeln, die dort verarbeitet wurden, als Saatgut in die Ukraine zu verkaufen. Das Saatgut wurde besser bezahlt, deshalb konnten die Bauern mit einem Teil ihrer Kartoffellieferung ein besseres Geschäft damit abschließen. Später, als es für uns alle zur Flucht kam, waren sie schon vorher weg, wir hörten, nach Berlin. Ich habe einige Zeit nach dem Krieg mit den Töchtern Kontakt aufgenommen und sie mit mir. Man konnte über das Rote Kreuz oder den Pommernverband Adressen erfragen, wo Verwandte, Freunde oder Bekannte verblieben sind. Wir haben uns geschrieben und freuten uns über die Erinnerungen an unsere gemeinsame Schulzeit. Es blieb ein Interesse daran, wie es beim anderen weiterging. Die Älteste wurde Krankenschwester in

der Berliner Charité, die Jüngere ... das weiß ich heut'
nicht mehr.

Ursel kehrt nach dieser Geschichte noch einmal in
ihre Jugendzeit zurück und spricht über den Angstdruck,
den sie als Kind durch einen Nazilehrer durchgemacht
hat. Ursel: Es war anlässlich einer Naziveranstaltung.
Wir wussten nicht, worum es genau gehen sollte, und
dann kam ein Bescheid, dass doch an die gefallenen Soldaten gedacht werden sollte, und da haben wir morgens
ein Gedicht gekriegt und abends sollten wir das aufsagen.
Der Lehrer hatte dies ohne Kommentar uns Kindern auf-
getragen. Ich hatte plötzlich einen solchen Angstschreck
und war so furchtbar aufgeregt, weil die ganzen Bonzen
da aufmarschieren sollten. Ich habe es zwar gelernt, kam
aber immer wieder ins Stottern. Obwohl ich dann das
Gedicht konnte, blieb ich beim Aufsagen aber stecken,
ich wusste weder Anfang noch Ende, ich wusste gar
nichts mehr. Als ich dann mit dem Gedicht irgendwie
durch war, war ich so furchtbar verdattert, dass ich zum
Lehrer sagte, ich spreche nie, nie mehr ein Gedicht. Mein
Vater, der mich dorthin begleitet hatte, nahm mich dann
auch in Schutz, er hat zu dem Lehrer gesagt, dass es ihm
auch mal so gegangen sei, und das hat mich getröstet.
Später aber wusste ich dann doch immer, wie diese Zei-
len gingen. Britta: Kannst du dich heute daran erinnern?
Ursel: Ja, warte mal, vielleicht, ich weiß, wie es geht:

Sie trugen in ihren Seelen
der besseren Zukunft Traum
da hatte kein eigenes Wollen
kein eigenes Leid mehr Raum.
Sie waren ein Volk von Brüdern
geeinigt und heldisch und frei
da mochten sie nicht mehr fragen
ob Sterben bitter sei.
Sie gaben ihr junges Leben
und wollten nicht rückwärts steh'n
Deutschland, Deutschland muss besteh'n…
Britta: Das war doch schon ein Abgesang, da waren die
Armeen schon zugrunde gerichtet, wie furchtbar, so etwas aufsagen zu müssen, und dann noch für dich als Ju-
gendliche. Ursel: Ja, es war noch nicht zum Kriegsende,
mein Vater ist spät eingezogen worden und war da ja
noch nicht an der Front. Aber die Stimmung, das Aufmarschieren der Bonzen und der merkwürdige Helden-
mut der Soldaten, es waren ja aus unserem Dorf auch
schon viele junge Männer zum Kriegsdienst eingezogen,
jedenfalls war ich in dieser Situation so verdattert und
kann mich vor allem an diese Angst erinnern. Das hatte
dann auch noch ein weiteres Nachspiel. Da war dann
noch ein anderer Lehrer, der war ein ganz großer Nazi
von der SS, er lief immer mit der schwarzen Uniform
durch die Gassen und vor dem war Vorsicht geboten. Vor
dem mussten wir auch ein Gedicht aufsagen, und da kam

ich dran, da sagt er auf einmal: Sag mal! Was war das?! Du kannst doch Gedichte aufsagen, warum sprichst du nicht auf Versammlungen! Was ist das mit dir?! Warum sprichst du da niemals?! Da rief plötzlich einer aus der Klasse: Sie hat Angst!! Sie hat Angst!! Was! rief er: Ein deutsches Mädchen hat keine Angst, nächstes Mal bist du dann als erste dran!! Und da habe ich noch mehr Angst gekriegt, dachte nur, dass ich das nicht schaffen würde. Da habe ich einfach nur das Gedicht gelernt, beinahe Tag und Nacht, immer wieder von vorn und von hinten und von hinten nach vorne aufgesagt, bei der Arbeit immer wieder runter geleiert, das war ja schon auf der Landwirtschaftsschule und ich war kein Kind mehr, sondern ein junges Mädchen, mein Schamgefühl war sehr groß, dass ich versagen könnte. Zum Glück hat dann mein richtiger Lehrer, der sehr menschlich war und auch ein Nazigegner, dafür gesorgt, dass ich nicht das ganze Gedicht aufsagen musste. Er hat dafür gesorgt, dass jeder eine Strophe bekam. So war ich entlastet und meinem Lehrer sehr dankbar. Natürlich handelte es sich bei diesem Gedicht auch um das deutsche Vaterland.

Wir schweigen eine Weile. Ich sehe durchs Fenster, wie die Schneeflocken um das Laternenlicht herumtanzen. Ursel sitzt mit einem stillen Lächeln in ihrer Sofaecke, ihre Hände ruhen auf ihrem Schoß: Ich spür' noch heute dieses Gefühl, als ich durch meinen Klassenlehrer von dieser furchtbaren Angst befreit wurde.

Es gibt noch eine Geschichte, die mich an die Schule erinnert, sie gehört mehr in den Alltag, willst Du sie hören? Ich nicke. Also: Wie es damals so üblich war, die Schulen hatten einen Schulgarten, in dem alle Schüler werkeln konnten, mal dies, mal jenes zu den Jahreszeiten. So kam die Erdbeerzeit heran. Unser Lehrer sagte, es sind viele reife Erdbeeren schon dran, die müssen gepflückt werden. Einige von uns wurden beauftragt, die Erdbeeren zu pflücken. Sie kamen dann mit dem Körbchen voll in die Klasse. Ich wurde dann vom Lehrer ausgesucht, die Erdbeeren zu verteilen. Ich nahm das Körbchen und ging die Reihen entlang, jeder durfte sich nehmen, im Anfang zwei oder drei, und dann später nur noch eine, weil es weniger wurden und alle etwas abhaben sollten. Der Lehrer stand am Pult, ich sehe ihn heute noch mit den Armen aufgestützt, und sah, wie ich alles verteilte, und zum Schluss, als ich fertig war, sagte er: Na, bist du jetzt fertig? Ja, sagte ich, alles verteilt. So, sagte er, Du bist mir ja eine schöne Verteilerin… Mir hast Du keine angeboten. Ja!! rief die Klasse, sie hat aber auch keine… So? sagte er wieder, na dann gehen wir morgen beide in den Schulgarten und pflücken uns selber welche.

Diese Aufnahme über das hier zuletzt Berichtete fand im Dezember 2010 statt. Wir machen jetzt eine Pause, sowie auch sonst, um uns wieder der Gegenwart zuzuwenden, das heißt, einem gemütlichen Kaffeetrinken mit Ursel und Herbert, dazu gibt es die von Ursel gebackenen Apfelkrapfen, die wir so lieben. Es ist schon Adventszeit und wir haben Lichter angezündet und freuen uns darüber, dass wir am Leben sind und gemeinsam diesen Adventssonntagnachmittag verbringen können. Ursel erzählt dann doch noch einmal von unseren Großeltern, dass sie jedes Jahr vor Weihnachten in ihren Wald gegangen sind und eine Tanne abgeholzt haben, die traditionell in der Advents- und Weihnachtszeit geschmückt wurde. So kommt auch noch einmal Ursels Vater in ihre Erinnerung: Mein Vater war ja gelernter Zimmermann, bevor er Bauer wurde, er hatte so einen besonderen Baumständer gezimmert, der hatte so lange Beine und ringsherum war so ein Weihnachtsgarten, dann hatten wir keine Spitze obendrauf, sondern ein Engelsgeläut, und wenn das mit Lichtern erwärmt wurde, dann tanzten die Engel immer um den Baum herum, das war sehr schön.

Ursel hat wieder ihr stilles Erinnerungslächeln, ohne Ankündigung spricht sie ein bekanntes Gedicht:

Vom Himmel in die tiefsten Klüfte
ein holder Stern hernieder lacht
vom Tannenwalde steigen Düfte
und streifen durch die Winterlüfte
und kerzenhelle wird die Nacht.
Mir ist das Herz so froh erschrocken
das ist die schöne Weihnachtszeit
von fernher hör' ich Kirchenglocken
mich wundersam verlocken

in märchenstiller Einsamkeit.
Ein holder Zauber hält mich nieder
anbetend staunend muss ich stehn
es sinkt auf meine Augenlider
ein goldner Kindertraum hernieder
ich spür's: ein Wunder ist geschehn.

Nicht nur bei den Gesprächen über Ursels Vergangenheit, sondern auch in der Jetztzeit bei unserem gemeinsamen Adventskaffee mit Ursels Ehemann Herbert fühlen wir uns sehr verbunden. Auch wenn Herbert durch einen Operationsfehler seine Sprechfähigkeit verloren hat und am Gespräch nur sehr begrenzt teilnehmen kann, ist es eine Welt, wo die Vergangenheit mit der Gegenwart verschmolzen ist, wir erleben das Miteinander ohne Zeitbestimmung und sind schlichtweg glücklich. Nach dem Kaffee spielt Herbert sehr stimmungsvoll auf der Mundharmonika Weihnachtslieder und Ursel und ich, wir singen, beide recht erinnerungsfest, was die Texte anbetrifft. So ist die Stimmung zeitlos, bis ich daran erinnert werde, durch die Uhr, dass ich heute Abend noch meinen Zug nach Berlin kriegen muss. Ich breche also am Abend noch auf, verschwinde im Schneegestöber auf dem Weg zum Bahnhof, und Ursel und Herbert bleiben zurück in der warmen Stube, wohlverdient in ihrem hohen Alter.

Im Folgenden setzen wir unser Gespräch über Ursels Lebenserinnerungen einige Monate später fort. Ursel ist nun im 87. Lebensjahr und ihre Erinnerungen sind sehr klar und bildhaft. Es wird von ihr der Zusammenbruch Deutschlands, das Ende des Krieges, so wie sie es in Pommern erlebt hat, geschildert. Es ist also Anfang 1945, Ursel ist inzwischen 20 Jahre alt. Ursel: Es kam also die Zeit, wo wir vor dem Krieg flüchten mussten. Die Front kam immer näher, es kamen immer wieder Berichte, dass die deutschen Armeen niedergeschlagen worden sind und dass die Polen und Russen im Vormarsch sind. Wir hatten mit der Vorwarnung einen Planwagen zurechtgemacht. Da sollten die nötigsten Sachen rauf, damit wir auf die Flucht gehen konnten. Wir Dorfeinwohner wollten natürlich alle nicht auf die Flucht gehen, denn das war eine Fahrt ins Ungewisse, man wusste nicht, wo man landen würde. Dann hieß es aber plötzlich, ihr müsst alle weg, ihr m ü s s t ! Alle weg? – das gibt es doch gar nicht, doch: Ihr müsst alle weg… Britta: Wer hat das gesagt? Ursel: Der Gemeindevorsteher und andere… Die wussten, dass es nicht gut enden würde, wenn wir blieben. Und es war sehr, sehr viel von Gräueltaten und Vergewaltigungen die Rede, also wir mussten weg, und eines Morgens hieß es: L o s ! Alle versammeln, es geht los! Und da hatten wir auch unseren Hund, auf dem Bauernhof musste ja ein Hund sein zum Viehhüten und zum Bewachen, und der Hund war immer bei uns, für mich selbstverständlich, dass er mit uns geht, aber meine Mutter sagte: Lass den Hund hier... Wir wissen gar nicht, wo wir hinkommen, wenn er uns abhanden kommt, wir wissen nicht, was sein wird, ob wir aufs Schiff kommen oder auf die See, um nach Schweden zu kommen, lass den Hund laufen, denn wir können ihn doch nicht mitnehmen. Aber ich hab immer versucht: Susi, komm! Susi, komm! Komm mit uns... Und eines Tages war der Hund doch weg. Was sollten wir machen? Wir sind weitergezogen. So flohen wir dann weiter bis Kollberg, und dort war so ein Lager mit Flüchtlingen, wo wir uns versammelten und alle in einem großen Saal schlafen konnten. Es blieb uns überhaupt nichts anderes übrig, als nur noch auf die Russen zu warten... Und tatsächlich, eines Tages war es so weit... Da kamen die Russen und überrumpelten uns, sie taten uns zunächst nichts, aber wir hatten Angst. Der Leiter unseres Trecks meinte, die sind mir aber nicht geheuer, lasst uns lieber weiterziehen... Am Tage geht alles gut, aber wissen wir, was nachts getrieben wird. So haben wir uns an den Flüchtlingswagen versammelt, dann kam der russische Kommandant und sagte zu uns: S o ! Jetzt seid ihr Gefangene des russischen Militärs, und so lange habt ihr für Hitler gearbeitet, und nun geht schön zurück auf eure Höfe und arbeitet jetzt für Stalin. Was blieb uns anderes übrig, sagt Ursel, wir mussten wieder zurückgehen. Es war ja schon spätabends, als wir aufbrachen. Da kamen wir ganz spät an einen Gutshof, dort hieß es, dass der Besitzer sich erschossen hat, sich, seine Angehörigen und seine Reitpferde. Sonst war es dort gespenstisch ruhig und wir haben gedacht, na ja, hier könnten wir bleiben... Aber das war sehr, sehr trügerisch... Wir wollten uns gerade zur Ruhe begeben, da kamen die russischen Soldaten, es hieß immer, alle deutschen Frauen rauskommen für russische Soldaten. Wir hatten uns im Kuhstall gelagert, und da sind ja große, lange Krippen, wo die Tiere gefüttert werden, meine Mutter und unsere Nachbarin sagten: Komm, versteck dich... Sie haben mich in diese Futterkrippe gelegt, und die Nachbarin, Frau Lippert, und meine Mutter mit meinem Bruder Günter, die haben dann schwere Decken und alles, was wir so auf dem Planwagen hatten, darübergelegt. Auch mein kleiner Bruder Werner, der sonst in allen Gefahrensituationen auf dem Arm unserer Mutter war, hat Sachen mit herbeigeschleppt. Auf diese Weise wurde auch eine Schulkameradin versteckt. So waren wir geschützt vor Entdeckung und russischen Vergewaltigungen. Dann sagte aber der Leiter unseres Trecks: Nein, das geht nicht, das wird hier eine Tragödie, wenn wir bleiben. Wir ziehen weiter, wir sind ja morgen früh zurück auf unseren Höfen. Ursel weiter: Dann sind wir wieder weitergezogen, die Leiter unseres Trecks wussten gut Bescheid, die kannten die Gegend, sie wussten, welche Landstraßen wir nicht laufen durften, sondern nur durch die Wälder, da kannten sie sich gut aus. Dann sind wir durch die Wälder gezogen, aber da kamen wir an ein großes Gehöft, das brannte lichterloh. Dort wurden wir wieder von Russen aufgehalten, und nach einigem Hin und Her hieß es: S o ! Stellt euch alle auf in eine Reihe, ihr werdet alle erschossen! Ich hatte mich versteckt und lag in diesem Planwagen mit Decken und Geschirr über mir... Ursel spricht sehr, sehr traurig weiter: Dann sagte meine Mutter: Ursel, komm raus, wir sollen alle erschossen werden... Und wenn wir erschossen werden, dann alle, nicht, dass einer übrig bleibt und gequält wird, und da bin ich rausgekommen, und so stellten wir uns alle in eine Reihe. Neben mir stand noch eine Schulkameradin, und die weinte so sehr, da habe ich zu ihr gesagt: Irmchen, weine nicht, wenn uns so etwas blüht, wie in der Nacht hier und anderswo, wenn wir beide alleine zurückbleiben, das wird furchtbar, es ist besser, wenn wir mit erschossen werden... Dann haben wir alles hinter uns... Ursels Stimme ist sehr weich und von Tränen unterbrochen. Nach einer Weile spricht sie weiter: Aber dann wurde plötzlich verhandelt, die Russen waren ja sehr scharf auf Uhren und auf Schmuck und auf Gold, und so hieß es, wenn so viel Gold, Schmuck und Uhren zusammenkämen, dass sie zufrieden sind, dann könnten wir weiterziehen. Meine Mutter hat ihren Trauring ins Gras gleiten lassen, aber viele andere haben alles gegeben, was sie an Wertgegenständen bei sich trugen. So sagte der russische Kommandant dann, ihr könnt weiterziehen. Dann sind wir durch die abgelegenen Wälder nach Hause, nach Naseband zurück. Meine Mutter sagte plötzlich: Ach, nun haben wir noch nicht einmal den Hund, wenn wir zurückkehren. Wenn wir doch wenigstens den Hund hätten, der anschlägt, für alle Gefahren, die noch auf uns warten. Wer weiß, wo unsere Susi abgeblieben ist... Ursel: Dann kamen wir unserem Gehöft immer näher, immer näher, und wer kam uns plötzlich freudig entgegen, unser Hund! Susi! Ach, die Freude war so groß! Das Vieh, das war nicht mehr in den Ställen, das hatten sie losgelassen, es war nicht mehr festgebunden, sondern es sollte sich draußen irgendwo sein Futter suchen, und die liefen da alle auf dem Hof herum, als wir ankamen. Wir haben sie wieder eingefangen und ihnen Futter gegeben. Unsere Rückkehr war aber zugleich auch von großer Angst begleitet. Wir hatten große, große Angst, wenn wir am Horizont eine Staubwolke sahen, die Russen waren ja scharf auf Kutschen, Autos gab's ja noch nicht, und so kamen sie in einer Staubwolke auf den Kutschen zu den Gehöften, manchmal fehlte sogar ein Rad und dann kamen sie auf drei Rädern, und wenn wir diese Staubwolke schon von weitem sahen, haben wir uns versteckt. Wir wohnten ja direkt am Wald, und da hatte das russische Militär Angst vor Partisanen, sie kamen nicht in den Wald, und so blieben wir für einige Zeit unbehelligt. Wir hatten uns da einen Bunker gebaut, da haben wir Mädchen uns die

Betten rein geholt und haben dort geschlafen. Der Bunker war recht geräumig, raffiniert gemacht, da konntest du drüber gehen, man hat es nicht gemerkt, dass es eine Klappe gab, die war mit Moos bedeckt. Es merkte keiner, wenn man da schlief, durch so eine Luke stiegen wir ein, so waren wir vor den schlimmsten Vergewaltigungen bewahrt.

Ziemlich bald hieß es dann mit einem Mal, dieses wird eine Kolchose, alles Vieh wird abgetrieben! So mussten wir das Vieh zusammentreiben, damit es abgeholt werden konnte, aber ich hatte uns eine Kuh versteckt, damit wir wenigstens Milch haben, so wurde sie von uns so lange in den Wald gebracht, bis die Abholer weg waren, dann haben wir die Kuh zurückgeholt und freuten uns, dass wir wenigstens Milch hatten. Nachdem dann der Gemeindevorsteher mitgeteilt hatte, dass dies jetzt alles Kolchose ist, mussten die Deutschen dort arbeiten. Besonders wir jungen Frauen, wir sollten ran, denn Männer waren ja keine da. Die Männer, die da waren, das waren Zivilrussen, keine Soldaten, die hatten ihre Frauen dabei, die sie inzwischen in Deutschland kennengelernt hatten, die haben uns aber nichts getan. Nur dass sie selbst nicht arbeiteten, sondern wir die gesamte Arbeit geleistet haben. So ging das ein halbes Jahr, bis Weihnachten 1945. Wir haben jetzt keine Arbeit mehr, sagten sie, jetzt könnt ihr zu Hause bleiben, das war im Augenblick schlimm, denn wir hatten bei denen immer Brot gekriegt, und mit einem Mal sollten wir zu Hause bleiben. Jedoch war meine Mutter hier sehr findig, sie hatte Mehl versteckt, und dann hat sie Brot gebacken, damit wir etwas zu essen haben, es war nicht üppig, aber gehungert haben wir nicht, zum Glück. Die Russen hatten uns vorher schon beklaut, sämtliche Vorräte, die wir hatten, nur ein wenig konnten wir verstecken, das teilte uns die Mutter zu, dann hatten wir aber auch von den Hühnern die Eier, die mussten wir auch immer sofort verstecken, weil sie regelmäßig durchkamen und alles mitnahmen, was sichtbar war. Ein Schwein hatten wir auch nicht auffindbar versteckt, und als wir keine Vorräte mehr hatten, mussten wir doch dieses Schwein schlachten. Es musste schnell und vor allem heimlich gehen, so kam die Nachbarstochter und hat uns geholfen beim Wurstdrehen und Einmachen. Alle halfen, meine Mutter, mein fünfzehnjähriger Bruder Günter, der auch sonst den ganzen Hof besorgte, unsere Nach-barstochter und so weit wie möglich auch mein kleiner sechsjähriger Bruder Werner. Natürlich auch ich, die das bäuerliche Handwerk inzwischen perfekt beherrschte. Eine lustige Geschichte gibt es hier zu erzählen: Diese junge Nachbarstochter, Lottchen Krüger, sagte zu meinem kleinen Bruder: „Ach, Werner, dir fehlt ja schon 'nen Zahn, du bist ja ein alter Opa, Mann, dir fehlt ja ein Zahn!" „Nee", sagt der kleine Werner, „den haben mir die Russen ausgezogen, das war ein goldener". Diese kleine lustige Geschichte wurde später unter Schmunzeln immer wieder mal erzählt. Genau genommen war diese schlagfertige, kecke Rede vom kleinen Werner einer scheußlichen Wirklichkeit sehr nahe: Es wurde immer wieder berichtet, dass die Russen den Leuten Goldzähne brutal mit den Händen aus dem Mund herausgebrochen haben.

So zog sich das alles hin, man wusste nicht, was wird, einerseits lebten wir auf unserem Hof, mussten mal für die Russen arbeiten, mal nicht, dann aber wieder im Frühjahr 1946, auf Ostern zu hieß es, wir werden alle über die Oder geschafft, es soll hier alles polnisch werden und wir müssen alle weg. Na ja, das Gerede war im Schwange, aber es passierte gar nichts. Und da kam ich eines Tages von der Arbeit, wir saßen alle auf so einem Leiterwagen, mit denen wir von der Landarbeit für die Russen nach Hause auf unsere Höfe gefahren wurden. Als dann meine Arbeitskollegin an ihrem Elternhaus vom Leiterwagen heruntersteigen wollte, wurde ihr gesagt: „Nee, nee, hier ist nichts mehr los, die Eltern sind weg… Die werden über die Oder geschafft!" Das waren Gemeindevorsteher, die Deutsch sprachen. „Hier ist keiner mehr", wurde gesagt. „Die versammeln sich alle am Gemeindehaus, gehen Sie dahin, zu Ihren Angehörigen." Und ich, Ursel, bin ausgestiegen und wie wahnsinnig nach Hause gerannt, wir waren ja über einen Kilometer vom Ort weg. Ich bin gelaufen und gerannt… Innere Panik… Oh Gott, wo sind meine Angehörigen?? Ja, und da, meine Mutter stand am Backofen und schob gerade Brot in den Ofen, weil schon ein Pole bei uns war, der immer Brot haben wollte, die hatten natürlich auch Hunger... Da schob sie gerade das Brot in den Ofen und guckte mich ganz verwildert an: Wieso? Was ist denn los? fragte sie. Ich sagte: Mama! Wir werden alle über die Oder getrieben, wir sollen alle hier weg! Nö, sagte sie, ich weiß von nichts und hier war noch niemand. So waren es dann die anderen, die vertrieben wurden, über die Oder, aber keiner wusste, wohin.

Bei uns dauerte es dann noch eine Zeitlang. Dann hieß es, wir werden nicht vertrieben, in ein Nirgendwo, sondern wir werden ganz ordnungsgemäß ausgebürgert, und das dauerte dann bis Ostern. Wir hatten schon Bescheid, am zweiten Ostertag sollten wir uns alle versammeln und in Waggons, diese Güterwagen, verladen werden. Wir durften mitnehmen, was wir tragen konnten, na ja, und da haben wir eingepackt, was nur ging, wir wussten nicht, dass wir drei bis vier Tage zu Fuß marschieren mussten, und so wurde alles immer schwerer, weil wir natürlich alles selber tragen mussten, so haben wir unterwegs ein Stück nach dem anderen weggeschmissen. Die Polen haben schon immer gewartet, wenn wir etwas abwarfen, dass sie es sich aneignen konnten. Aber gegenüber anderen Menschen, die manchmal Wochen zu Fuß unterwegs waren, sind wir dann mit den Güterwagen weiter transportiert worden.

Bevor die Familie ausgebürgert wurde, erfahren wir nun weiter aus Ursels Erinnerung noch einmal die Fürchterlichkeiten des Krieges und seiner Auswirkungen, die sie erlebt hat. Bei weiteren Treffen, 2011, Ursel ist inzwischen 87 Jahre alt, spricht sie immer wieder über Erlebnisse aus dem Chaos dieser Zeit. Ursel: Ich muss noch berichten, bevor wir das erste Mal auf die Flucht gingen, da haben wir Sachen von uns versteckt, alle taten das. Wir waren der Meinung, die Besatzer, Polen und Russen, schmeißen uns erst einmal raus, sie wollen uns nur erst ausplündern, und dann können wir wieder nach Hause. Wir haben alle fest daran geglaubt, dass wir wieder zurück auf unsere Höfe kommen würden. Wir haben also Wäsche eingegraben, Kleidungsstücke, auch von Onkel Paul, deinem Vater, Britta, und auch Kleidung von Onkel Heinrich, einem anderen Bruder von meiner Mutter, wie du weißt. Wir hatten auch Silbergeld, noch aus der alten Zeit, wo das Geld noch richtiges Silber war, und meine Mutter wollte ganz schlau sein, es sollte niemand finden, sie hatte einen Beutel mit Silbergeld eingegraben. Als wir nun auf die Flucht gingen, also über die Oder getrieben werden sollten, da wollten wir das doch besser mitnehmen. Wir hatten so lange Pieken gehabt, mit denen wir in der Erde herum stachen, um Sachen, die wir zurückhaben wollten, wiederzufinden und auszubuddeln. Und da kam ich eines Tages von den Russen von der Arbeit nach Hause und sah die Hände meiner Mutter. Die eine Innenhand war eine ganze Blutblase und die andere Hand innen stark gerötet. Das heißt, sie hat gepiekt und gepiekt am besagten Ort und wollte das Geld wiederfinden. Alles ohne Erfolg, entweder hat das jemand gesehen und ausgegraben oder sie hat die Stelle nicht wiedergefunden, ist aber eher unwahrscheinlich. Britta: Du hattest auch öfters von dem Schwiegersohn eures Nachbarn erzählt, mit dem Namen Fischer, er war einer, der alles, was er sah, an die Russen weitergegeben hat, also alles verraten hat. Du hast ihn als üblen Gesellen geschildert, dem alle mit Vorsicht begegnet sind. Ursel: Ja, ja, der hat alles verraten, auch gute Sachen, gute Kleidung, aus guten Stoffen, auch selbst gewebte Stoffe, handgearbeitete Tischdecken, die wir im Bunker versteckt hatten, das hat er auch alles verraten. Da kam zum Beispiel eine Polin aus der Nachbarschaft zu uns und sagte: Ach, Sie können doch nähen und haben eine Nähmaschine, können Sie mir nicht ein Hemd nähen? Ich sagte: Jaa, ich kann Ihnen ein Hemd nähen, wenn Sie Stoff haben und mir diesen bringen. Da brachte sie ein schönes Stück Stoff und ich legte es auf den Tisch, um es zuzuschneiden, und da kam meine Mutter hinzu und betrachtete den Stoff... Äh, sagte sie überlegend, den Kopf hin und her wiegend... Ich sagte zu meiner Mutter: Mama, kennst du das Stück Stoff? Jo, sagt sie, das kenne ich, das ist unser Tischtuch... Ursel: Das hatte so lauter Chrysanthemen, weißt du, das musste ich dann zuschneiden und habe ihr daraus ein Hemd genäht. Die Polin hat noch zu mir gesagt, als ich es zugeschnitten hatte: Sie gucken, junge Frau... Aber das hat alles der Fischer verraten, der hat uns den Bunker gezeigt, wo Sie Ihre Sachen versteckt haben. Britta: Die sprach ja Deutsch? Ursel: Ja, die sprach Deutsch, die hat vorher schon in Deutschland gelebt und hier gearbeitet... Britta: Ist ja wirklich unglaublich, und du hast ihr dann einfach brav die Bluse genäht? Ursel: Ja... Das war die Situation, die Polen hatten gleich nach dem Krieg bei den Bauern auf den Höfen mitgewohnt und mitgewirtschaftet, auch bei unserem Nachbarn Lippert, diese Polen waren tüchtig, sie arbeiteten sofort mit, damit das Land, die Ernte nicht verkommt und der Bauernhof weiter bestehen konnte. Bei uns wohnten keine Polen mit, wir waren ja sehr weit weg vom Dorf, am Wald, mit unserem Hof, da hatten sie Angst, auf Partisanen zu stoßen. Zu uns sind die Polen nur gekommen, wenn sie etwas brauchten, zum Beispiel Brot oder Eier von den Hühnern, jedenfalls, Mama hat für sie und für die Russen Brot gebacken.

Mit Lipperts hatten wir immer ein sehr gutes Verhältnis, mit der ganzen Familie, außer diesem wirklich bösen Schwiegersohn, mit dem die Tochter auch nicht glücklich geworden ist, sie hat sich später aus Kummer erhängt. Unser guter Zusammenhalt mit den Nachbarn erwies sich auch auf der ersten Flucht. Mein Bruder Günter hatte nun mit fünfzehn Jahren die gesamte Verantwortung für den Hof übernommen und somit auch die Verantwortung über alles, was wir mit auf die Flucht nehmen wollten und konnten. Wir sind ja hier mit dem Pferdewagen geflohen, dieser war vollgepackt. Während der Flucht dann ging es manchmal ziemlich bergauf. Unser Nachbar Lippert war auch mit im Treck und seine Pferde gefielen den Russen, die uns plötzlich anhielten, so gut: Oh, Pony, Pony! riefen sie, und da haben sie ihm einfach die Pferde ausgespannt und er stand da mit seinem Wagen ohne Pferd... So haben wir gesagt: Nee, das können wir nicht zulassen, ihn einfach hier ohne Pferde sitzen lassen, Mama und Günter haben es dann so entschieden, dass wir seinen Wagen an unseren hinten anhängen. Obwohl unsere Stute trächtig war und kaum den Berg hinauf kam, war es selbstverständlich, dass wir den Nachbarn nicht alleine lassen. Wir haben dann den Berg hinauf alle mitgezogen und geschoben, um unsere Stute zu entlasten. Die Lipperts wären ohne uns einfach auf der Strecke geblieben, so kamen sie ja, wie ich schon erzählt habe, auch erst mal wieder mit uns nach Hause, das war ja die erste Flucht, nach der wir wieder zurückgeschickt wurden auf unsere Höfe, und Lipperts wären vielleicht auch verschleppt worden, wenn wir nicht zusammengehalten hätten.

Die Schrecknisse auf dem Rückweg zu ihren Höfen hat Ursel ja schon geschildert, e i n e grauenhafte Begebenheit, von der sie bei der Rückkehr hörten, betraf die Familie eines Gutshofes, dort hatten sie alle Familienangehörigen erschossen und den Gutsbesitzer an die Scheune genagelt. Es hieß, er habe die Polen, die bei ihm gearbeitet haben, sehr schlecht behandelt, so konnte man das extrem brutale Vorgehen des Ermordens aller Familienmitglieder als Racheakt deuten.

Weißt du, die Kollegin, mit der ich später bei Reemtsma, gearbeitet habe und die mit mir zu Oetker gewechselt ist, die hat auch das Schlimmste als junges Mädchen in dieser Zeit durchgemacht. Die waren da geblieben, sind nicht auf die Flucht mitgegangen und sind schändlichst misshandelt worden. Die Russen haben die Mutter an den Haaren durch sämtliche Zimmer gezogen, die ist mehrfach vergewaltigt worden und das Mädchen auch, sie bekam von einem Russen ein Kind. Die war jünger als ich, so etwa sechzehn, siebzehn Jahre alt. Stalin hat damals gesagt: Die deutsche Frau ist Freiwild.

Britta: Es ist unfassbar brutal, sich an Zivilfrauen zu rächen und die Kinder in Entsetzen und Angst um die Mütter zu versetzen. So habe ich es auch erlebt, als wir während der letzten Kriegstage in Kellern lebten und die Russen sich willkürlich Frauen holten. Die Angst war eigentlich eine Sterbensangst. Ursel nickt: Die Angst, die man durchmachte, kann man schildern, aber die innere Lähmung sitzt so tief, dass es keine Worte dafür gibt.

Bevor eines Tages unser Hof überfallen wurde, berichtet Ursel weiter, kam es vor, dass wir bei der Feldarbeit es plötzlich knallen hörten, auf einmal knallte es hier oder dort, wir wussten nicht, wo die Schüsse herkamen, das waren aber die Russen, das war auch deren pure Angst gewesen, die haben manchmal auch nur in die Luft geknallt, du wusstest nie, woher es kam, wir haben uns oft platt auf die Erde gelegt und die Kugel schlug neben uns ein. Also wurde eines Tages unser Hof überfallen. Das Vieh war ja abgetrieben worden, hauptsächlich die Kühe und die Schweine. Ein paar Schweine, Hühner und die Schafe waren noch geblieben. Und da kamen eines Tages so herumstreifende Soldaten, russische Soldaten, die nahmen ihr Gewehr, vielleicht hatten sie Hunger oder so etwas, und erschossen einfach alles, was ihnen über den Weg lief, sie erschossen die Hühner und Schweine, und da hat meine Mutter gejammert und hat gesagt: Oh, nun nehmen Sie uns doch nicht alles, nun lassen Sie uns doch wenigstens das Schwein oder ein Schaf...! Warum denn nur alles totschießen! Da hat dieser russische Soldat gesagt: Frau, sei ruhig, sonst gleich daliegen wie das tote Schwein... Dann kam dieser noch in unsere Wohnung, in unser gutes Zimmer, es war das Esszimmer mit Büffet und Couch, es war ein schönes Zimmer, es wurde zwar kaum benutzt, aber es hatte wunderschöne Gardinen an den Fenstern. Nun hatte der eine russische Armist sich verletzt, er blutete ziemlich stark am Arm. Da riss er einfach die Gardine vom Fenster und verband sich damit den Arm. Dann sind sie von dannen, dies alles hatte meine Mutter so erlebt. Und als ich abends von der Arbeit kam, ich habe ja bei den Russen gearbeitet, also auf dem Weg nach Hause, dachte ich plötzlich: Oh, mein Gott, was liegt denn dort, das ist ja unsere Gardine... Wie kommt denn die hierher? Und dann bin ich nach Hause und hab' das meiner Mutter erzählt. Die hat gesagt: Ja, das hat sich der Russe einfach vom Fenster gerissen und um den Arm gewickelt, weil er verletzt war. Also war dies am Wegrand unsere Gardine.

Manchmal haben wir ihnen aber auch ein Schnippchen geschlagen, es war ja so, dass wir von weitem schon immer sehen konnten, wenn die Russen kamen, wir sahen eine Staubwolke, die sich lang hinzog, dann wussten wir Bescheid. Da hat Mama einmal Eierkuchen gebacken, Eier und Mehl hatten wir ja noch. Plötzlich hieß es: Die Russen kommen! Was jetzt? Schnell, schnell, die Eierkuchen, die sie fertig hatte, kamen auf einen Teller und dann sind wir hinten raus einfach abgehauen zu den nächsten Nachbarn hinüber. Im Gänsemarsch, Mama mit dem Pfannkuchenteller voraus und hinterher ich, dann Günter und ‚Onkelchen', ein gelegentlicher Mitarbeiter auf unserem Hof.

Nun noch einmal zu meinem Bruder Günter, er hatte ja noch während des Krieges und in der ganzen Zeit danach die gesamte Verantwortung für unseren Hof und für die Feldarbeit übernommen. Uns wurde so ein alter Volksarmist, ein deutscher Volksarmist, zugeteilt. Der Bürgermeister hat gesagt: Bei euch sucht keiner, der kann euch vielleicht zur Seite stehen. Wir nannten ihn ,Onkelchen' und er wurde ein Mitbewohner auf unserem Hof. Er hat dann auch etwas mitgearbeitet bei allem, was so anfiel, Kartoffeln gepflanzt, beim Pflügen Dung gefahren und so weiter. ,Onkelchen' nannten wir ihn deshalb, weil er älter war und auch ein recht komischer Kerl. So hatte Günter wenigstens einen Menschen an seiner Seite, der immer mit ihm mitlief. Es gab immer etwas zu tun, auch beim Holzmachen im Wald war ,Onkelchen' mit dabei und half. Es gab dann noch einmal eine bittere Erfahrung für den fünfzehnjährigen Günter, als er mit ,Onkelchen' gerade bei der Feldarbeit war. Ursel: Es gab ein paar dümmliche Burschen, die Schindluder mit den beiden getrieben haben, es war wohl eine Gruppe um den Fischer, die sie bei der Feldarbeit aufsuchten. Die haben sich drohend vor sie hingestellt und gesagt: Jetzt lasst ihr hier alles stehen! Das ist nicht euers, das gehört Russland! Ihr lasst jetzt hier alles stehen und liegen, sonst... Das gehört den Russen und nicht euch! Ihr macht, dass ihr nach Hause geht! Günter war sehr erschrocken, er war ja noch sehr jung, und ließ alles stehen und liegen und lief mit ,Onkelchen' nach Hause zu unserem Hof.

Hier nun schließen wir mit der Zeit und ihren Ereignissen nach dem Kriegsschluss bis zur Ausbürgerung von Ursel und ihrer Familie.

Ursel: Wir sind dann also in Waggons bis Bad Seegeberg in Schleswig-Holstein gebracht worden. Dort wurden wir in Nissen-Hütten untergebracht. Dann hieß es, wir kommen in die Nähe von Hamburg, unser Treck hatte Glück, wir waren noch eine Nacht in Bilsen in Schleswig-Holstein und von da aus wurden wir auf Traktoren weiter nach Bönningstedt gebracht. Dort kamen wir auf einen großen Platz, das war ein Schulhof, und die Bauern kamen mit Pferd und Wagen und durften sich Leute aussuchen zum Arbeiten und die auch bei ihnen wohnen sollten. Das wurde ihnen als Pflicht auferlegt, denn irgendwo mussten die Flüchtlinge ja bleiben. Mein Bruder Günter war der erste, da sagte der Bauer, den will ich haben, aber da sagte die Gemeindeverwaltung: Nee, so geht das nicht, der hat noch eine Schwester, eine Mutter und einen kleinen Bruder, dann müsse er sie alle nehmen, wenn er den jungen Burschen haben möchte. Ja, die Schwester wollten sie auch gleich nehmen, ich war auch gleich gefragt, so wie mein Bruder, aber die Mutter und den kleinen Bruder, nö, die hätten keinen Platz bei ihnen. Aber es half dem Bauern nichts, er musste uns alle mitnehmen. So sind wir auf den Bauernhof gekommen. Zunächst mussten meine Mutter, mein kleiner Bruder und ich mit im Gesindezimmer schlafen, dann bekam meine Mutter ein Zimmer mit einer Tür, die direkt nach draußen führte. Dort richtete sie einen kleinen Haushalt ein. Eines Tages hat sie dann mal beim Bauern gemolken, das setzte sich dann weiter fort und so bekam sie Milch für den Haushalt. Mein Bruder Günter und ich kriegten sowieso etwas zu essen, weil wir ja für den Bauern in der Landwirtschaft mitarbeiteten. Wir haben uns da gut eingearbeitet, gut akklimatisiert, wir waren bald und später gut angesehen, haben unsere Arbeit zuverlässig gemacht und die waren mit uns zufrieden. Wir hatten aber immer noch im Hinterkopf, dass wir eines Tages wieder nach Hause in die Heimat kommen würden. Aber daraus wurde nichts, das wurde uns bald klar. Günter hat dann gesagt: Das hat keine Zukunft mehr, es ist die Realität, wir kriegen nie mehr einen Bauernhof, und wenn ich Verwalter lernen würde, so viel brauchen die auch nicht... Ich will einen brauchbaren Beruf haben. So hat sich meine Mutter bemüht, ihn bei der Bahn unterzubringen, oder auch sonst irgendwo, aber es wurde keiner gebraucht. Da sagte eines Tages die Bauersfrau, hier im Ort gibt es einen Werkzeugmacher, der hat sich gerade selbstständig gemacht und vielleicht braucht der einen Lehrling. Meine Mutter und mein Bruder sind sofort dorthin, und tatsächlich, er bekam die Lehrstelle, obwohl er von Werkzeugmachen keine Ahnung hatte. Er hat sich so reingekniet in diesen Beruf und war dann später Betriebsleiter, da waren dann insgesamt 60 Angestellte. Sie haben ihm vertraut und er war für die Betriebsleitung dann der Richtige. Die sind ja heute noch, nach 64 Jahren, wo Günter schon lange im Ruhestand ist, immer noch befreundet. Auch unser jüngerer Bruder Werner hat später in dieser Firma gelernt und sich auch heraufgearbeitet.

Bald wurde auch Land vergeben und die Leute, die fleißig waren, konnten bauen und für einen relativ niedrigen Preis konnten sie ein Stück Land erwerben. Die Häuser wurden durch eine Genossenschaft gebaut. Wenn man jedoch den Keller selber ausschaufelte, dann brauchte man die Baggerarbeit nicht zu bezahlen. Ach, und Günter hat geschaufelt und geschaufelt, um dieses Geld für den Keller zu sparen. Eines Tages hieß es, jetzt werden Einzelhäuser vergeben. Und da hat meine Mutter sich gemeldet und auch die Genehmigung bekommen. So wurde dann auch für uns ein Haus gebaut. Wir bekamen Geld vom Lastenausgleich, das war nicht viel, aber es hat für die Grundlagen gereicht.

Günter hat sich dann noch ein größeres Stück Land gekauft, kein Bauland, er hat es von einem Bauern ganz billig bekommen, sonst hätte er sich das auch nicht leisten können, aber dieses Stück Land war sein Ein und Alles, er hat es beackert und bestellt und zum Blühen und Wachsen gebracht. Er hat seinem pommerschen Freund Hubertus, den du, Britta, ja auch kennst, die Hälfte von seinem Land abgegeben, so konnten sie all ihre bäuerlichen Fähigkeiten nachbarschaftlich auf diesem Stück Land ausleben. Es wurde auch sofort Klein-Pommern genannt. Wir sind dort auch alle gleich hingegangen und haben es bestaunt und beguckt, auch was Günter alles so vorhatte und im Laufe der Jahre dort auch verwirklicht hat. Später hat er dann auch noch einen Fischteich angelegt. Britta: Ich kann mich auch noch gut erinnern, mit welchem Stolz er mir, wenn ich zu Besuch war, sein Land gezeigt hat, an die vielen Tannenbäume, die er gepflanzt hatte und im Winter auch verkauft hat, dann die sehr geordnete Landwirtschaft mit Kartoffeln und Gemüse und so weiter. Selbst Obstbäume wurden dort gepflanzt und wurden ganz schön groß. Ursel: Ja, es hat sich alles zum Guten weiterentwickelt, und wir waren später voll integriert, das heißt, Bürger von Bönningstedt. Britta: Wir lange hat es denn für euch gedauert, bis ihr dort heimisch wurdet und euch dazugehörig fühltet? Ursel: Na… Wir wollen mal sagen, so zehn Jahre bestimmt, es brauchte doch seine Zeit, auch gegenseitig mit den anderen Einwohnern, bis wir wirklich dazugehörten.

Wir wandeln nun weiter auf Ursels Lebensspuren, hören ihre Erzählungen und schauen auf ihre weitere berufliche Entwicklung. Am 23. September 2013 sitzen wir wieder einmal zusammen beim gemütlichen Kaffeetrinken, wieder hat Ursel ihre wunderbaren Apfelkrapfen gebacken, die wir drei, Ursel, Herbert und ich, so gerne essen. Herbert, Ursels Mann, wird nach dem Kaffeetrinken etwas müde und sinkt ab in ein Schläfchen während unseres Gesprächs. Man kann sagen, vom Atmen her, er fällt in einen Tiefschlaf. Ursel und ich, wir beschließen, nun noch mit der Tonbandaufnahme anzufangen, zu hören, wie die Weiterentwicklung ihres Berufsweges sich gestaltete. Ihre Schilderungen sind dann so lebendig, dass Herbert hierdurch aus dem Tiefschlaf zurückkehrt und mit mir in angeregtem Zuhören der spannenden Vortragsweise von Ursel folgt. Teilweise schmunzelnd, teilweise lachend sitzen wir mit ihr, gebannt durch ihre von jeher natürliche Gabe des feinen, sprachsensiblen, ernsten wie humorigen Vortragens von lebendiger Geschichte und dazugehörenden lückenlosen Gedichten, die von klein auf ihr Leben begleiteten. Jede ihrer Darstellungen drücken ihre bis ins Feinste differenzierten Gefühle aus, die vielleicht in vielen Menschen einfach vorbeigehuscht sind, aber in ihr mit 88 Jahren durch Nacherleben bestimmter Situationen wiederkehren. Ich habe in meinem Leben viele Schauspieler auf der Bühne oder bei Lesungen gehört. Auch mit den Großen meiner Zeit ist Ursel in ihrem einfühlenden Sprechen von Gedichten und allen Lebens, das sie durchlebt und schlicht nur darstellt, vergleichbar oder auch nicht vergleichbar, denn sie war weder auf einer kleineren noch auf einer berühmten Schauspiel- oder Rezitationsschule, sie hat die Dorfschule besucht und war in ihrer Hingabe an die Sprache und ans

Sprechen von Kind an immer nur Ursel. Und heute, wo wir, wie immer, inniglich verbunden zusammen sind, ist sie in fünf Wochen 89 Jahre alt und erzählt mit ihrer klaren Erinnerung hochdifferenzierte Lebensbeobachtungen, uneitel, mit der Bescheidenheit und Aufrichtigkeit des geistigen Menschen.

Nun schauen wir weiter, wie Ursel ihre Arbeit als Jungbäuerin verlässt und andere Berufswege anstrebt. Ursel: Ich war ja über vier Jahre dort bei dem Bauern, der uns als Flüchtlinge für seinen großen Hof ausgesucht hatte. Aber das war für mich keine berufliche Zukunft, ich wollte auch etwas anderes sehen und vielleicht auch etwas anderes machen. Und meine Freundin, die war beim Bäcker angestellt, die lobte das: Ach, ich hab' soo viel Freizeit, ach, das ist ein herrliches Leben, und wenn ich dich anschaue, du musst beim Bauern schuften, kaum Freizeit, du bist ja verrückt, wenn du das weitermachst! Weißt du! Ich kenn' jemand, die suchen jemanden, Mensch, die würden dich mit Kusshand nehmen, da hättest du es aber wirklich gut, du könntest dich nachmittags schick machen und brauchtest nicht so viel arbeiten, Mensch, geh' doch dort mal hin... Ja und die hat mich so lange gepiesackt, bis ich dachte, na ja, hier beim Bauern bin ich auch lange genug, ich will es dort mal versuchen. Der war nun Schlachter, bei dem ich vorsprach. Ach du lieber Himmel, es war ganz gegen meine Vernunft und gegen mein Empfinden, was ich dort vorfand, aber ich sagte zu. Dann kam die Zeit immer näher, in der die Arbeit auf dem Land zu Ende ging, es wurde Herbst und Winter. Meinen Geburtstag habe ich noch beim Bauern gefeiert, und die waren sehr aufmerksam, haben mich noch sehr betüttelt und alles für meinen Geburtstag getan. Am 1. November aber musste ich Abschied nehmen, das war doch nicht so einfach, denn meine Mutter wohnte ja noch auf dem Bauernhof. Aber ich war ja erwachsen genug, und so fiel die Entscheidung: Jetzt gehe ich zum Schlachter! Dort dann angekommen und eingezogen, war mir es doch recht mulmig, die Sachen in meinem Koffer, die hab' ich erst gar nicht ausgepackt, ich hab' still für mich gedacht: Hier bleib' ich nicht! Das ist ja zu schwierig für mich… Obgleich, das kann ich nicht anders sagen, die waren eigentlich sehr nett zu mir; was ich jedoch zu dieser Zeit sehr befremdlich fand: dass waren in meinen Augen damals beide Ehebrecher, er hatte seine Frau verlassen, sie hatte ihren Mann verlassen, und die lebten einfach so zusammen, das konnte ich nicht verstehen, das gefiel mir einfach nicht, unerfahren in Ehesachen, hatte ich nicht wirklich Respekt vor ihnen. Ich wollte in meiner jungen Vorstellung geordnete Verhältnisse, obwohl mich das ja gar nichts anging. Die hatten nun auch einen Schlachtergesellen angestellt, der hatte irgendwie Wind gekriegt, dass ich dort nicht glücklich bin und hat das jemand anderem erzählt. Da kam jedenfalls eines Tages ein älterer Herr auf mich zu, er wusste wohl, dass ich bei diesem Schlachter arbeite, und der sagte mir, sie möchten sehr gerne ein Hausmädchen haben, sie hätten eine Haustochter, die wäre erst 15 Jahre alt, aber die mache so viel verkehrt und sie kämen damit nicht zurecht, und ob ich nicht zu ihnen ins Haus kommen könnte. Das habe ich mir kurz überlegt, der Winter ging gerade zu Ende und so bin ich entschlossen zu ihnen ins Haus gegangen. Das waren zwei ältere Leute in einem Nachbarort von uns, die waren sehr, sehr nett, die Frau war eine Seele, ganz liebevoll, also es war da sehr gut. Aber: Er hatte Zucker, und wie gesagt, sie waren schon alt, so etwa Mitte siebzig, und sie waren Besitzer von einem Erdbeerhof, verkauften also auch Erdbeeren. Das erzählten sie mir alles, und auch, wie viel Arbeit das alles mache, sie würden die Arbeit überhaupt nicht mehr schaffen, sie müssten den Erdbeerhof aufgeben und sie hätten vor, zu ihrem Sohn nach Hamburg zu ziehen, sie selbst kämen mit ihrem Besitz nicht mehr zu Rande, sie wollten ihr Haus verkaufen und eben in die Stadt ziehen… So, stell dir vor, und was sollte ich nun machen? Nun saß ich da! Ich hatte zwar ein Zimmer, aber für längere Zeit nun keine Aussicht auf Arbeit. Wo sollte ich bleiben, wenn die nach Hamburg ziehen, und das wollten sie auf jeden Fall. Es hilft alles nichts, so überlegte ich, du willst ja arbeiten, sagte ich mir, also dann geh' ich auch nach Hamburg. Da hatte ich dann aus der Zeitung ein Stellenangebot von einem Geschäftsmann gelesen, der mit Medikamenten handelte. Das war eine Familie mit drei erwachsenen Kindern, die schon im Betrieb mitarbeiteten, und einem noch nachgekommenen neunjährigen Jungen. Ich war arglos. Die haben mich dann auch gleich übernommen, nachdem ich mich vorgestellt hatte. Britta: Als Hausmädchen? Und für den Jungen? Ursel: Ja, als Hausmädchen, aber weniger für den Jungen, weil der schon ziemlich selbstständig war. Ich musste putzen und in der Küche Zu- und Nacharbeiten erledigen. Die gnädige Frau kochte selber. Sie war irgendwie nervenkrank, diese Schüttelerkrankung, Parkinson, ich weiß nicht, ob durch diese Erkrankung, aber sie wurde manchmal so wütend, auf irgendetwas, was ich erledigte oder auch auf den Jungen, mit so einer schreienden Keifstimme, das erschrak mich jedes Mal sehr, ich konnte das überhaupt nicht ab, ich zog mich dabei völlig zurück. Was wird das hier nur werden, wenn das so bleibt, grübelte ich am Abend, dabei reichlich unglücklich. Du hältst hier aber durch! machte ich mir entschlossen Mut. Dann passierten aber noch andere Merkwürdigkeiten. Zum Beispiel aß die Familie im Salon, das war für mich völlig fremd, denn sie schickten mich in die Küche, wo ich alleine essen sollte, ich war sprachlos und hab' geheult wie ein Schlosshund… Auf dem Bauernhof waren wir ganz familiär, wir haben immer gemeinsam gegessen, es wurde Spaß miteinander gemacht, es wurde mal ein Witz erzählt, wir haben gemeinsam gelacht und uns das Essen zugereicht, wir waren in der Arbeit und am Tisch wirklich eine F a m i l i e. Wenn Festtage waren, Weihnachten oder Geburtstage, wurden meine Mutter und mein kleiner Bruder dazugeholt und wir waren alle gemütlich beisammen. Jetzt aber in dieser Hamburger Familie war das alles völlig anders. Der einzige Gesprächskontakt, den ich hatte, fand mit einer Untermieterin von dieser Familie statt. Sie hieß Frau Friedlieb, hatte ihre Tochter verloren, als sie ganz jung war, und seitdem konnte sie überhaupt nicht mehr schlafen. Wenn ich Freizeit hatte, sagte sie: Ach Fräulein, kommen Sie doch ein bisschen zu mir, wir können uns doch etwas unterhalten. Sie war wirklich sehr nett zu mir, erzählte von sich und hörte auch mir zu. Einmal sprach sie über den Jungen der Familie. Ach, sagte sie, der ist überhaupt nicht erzogen, die Madame lässt alles durchgehen, er ist ihr Ein und Alles und ein verwöhntes Bürschchen, um nicht zu sagen, ein frecher Bengel, er schießt hier in der ganzen Gegend mit dem Katapult rum, egal, wohin und worauf er zielt. Vor einiger Zeit zielte er mal auf eine Arztfamilie, die auf ihrem Balkon saß und traf den Arzt genau ins Auge, der hat daraufhin die Familie verklagt. Und die Mutter in ihrer korpulenten Fülle hat durch den Parkinson noch mehr gezittert und sich extrem aufgeregt... Noch schlimmer, als sie sich über Sie manchmal aufregt. Die Frau ist einfach krank, und wissen Sie, sagte sie, ich sehe, dass Sie hier nicht am richtigen Platz sind... Ich antwortete der Frau Friedlieb: Ich hab' auch schon längst keine Lust mehr, hier zu arbeiten, alles ist so freudlos... Frau Friedlieb sagte dann: Ach, Sie können doch so gut schreiben, Sie haben doch persönlichen Stil und auch einen besonderen Sinn für's Schreiben. Ich kann doch mal in der Zeitung nach Annoncen schauen, ob da was für Sie bei ist. Vielleicht zu älteren, ruhigen Leuten, die nicht so anstrengend sind, das würde doch besser passen. Ursel: Ich kam ins Nachdenken, dann passierte aber etwas, was einen Ausschlag gab zu einer neuen Entscheidung. Ich komme eines Tages in mein Zimmer, da denke ich, Mensch, das sieht ja so komisch aus! Du hattest doch ein Kleid am Schrank hängen, das lag jetzt auf dem Bett, und alles war etwas verändert, bis ich feststellte, dass der Bengel im Zimmer war und mir mein Geld aus dem Portemonnaie gestohlen hat. Das konnte ich aber der Mutter nicht sagen, die wär' ja völlig ausgeflippt, hätte losgedonnert und ihren Sohn in Schutz genommen. Das hab' ich dann der Frau Friedlieb erzählt und gesagt, dass alles hier mir überhaupt nicht mehr gefällt. So hat sie dann für mich unter den Annoncen etwas ausgesucht: Ehepaar sucht eine Angestellte mit Familienanschluss. Jedenfalls, aus ihrer Sicht, sollte ich es sehr gut haben. Daraufhin habe ich geschrieben und zwei Tage später war die Madame schon da und wollte mich abholen. Aber ich sagte, nein, so schnell geht das nicht, ich muss mich doch an die Kündigungsfrist halten. Jedenfalls sehe ich die Frau heute noch vor mir, hochfrisierte graue Haare, tadellos angezogen, schick vom Scheitel bis zur Sohle, und an der Straße unten wartete ihr Auto mit Chauffeur. Sie sagte dann noch zu mir: Packen Sie mal Ihren Koffer, den nehmen wir gleich mit. Sie wollte wohl eine Sicherheit haben, damit ich nicht abspringe. Dann sagte sie noch: Kommen Sie mal zu uns und gucken es sich an, wie Sie wohnen werden. Das wollte ich sehen, und so bin ich hin, ein schickes altes Haus, sehr groß... Das wird sicher heute in Hamburg unter Denkmalschutz stehen. Er, ihr Mann, wohnte unten, sie wohnte in der oberen Etage, und ich noch eins höher, hatte dort ein Zimmer in Aussicht. Ich war einverstanden. So kam sie dann bei Gelegenheit, um meinen gepackten Koffer abzuholen. Ich musste zwar innerhalb der Kündigungsfrist noch etwas aushalten, brauchte aber wenigstens meinen Koffer nicht zu schleppen. Etwas später dann trat ich meine neue Stelle dort an. Ich war nur kurze Zeit dort, da hatte ich schon ein seltsames Gefühl, na, was ist denn hier los? dachte ich. Die Madame war immer in meinem Zimmer zugange, dann lag mal 'ne Tafel Schokolade da oder etwas anderes, also hatte sie einen Schlüssel zu meinem Zimmer, und, wie ich feststellte, wühlte sie auch in meinem Kleiderschrank, es war immer etwas verändert. Das Zimmer war sonst prima, geräumig und hübsch, alles bestens. Sie sagte zu mir: Sie brauchen hier bei uns keine schweren Hausarbeiten machen, Sie sind als Haustochter hier, mir die Haare zu kämmen, und wenn ich klingle, dann sausen Sie runter zu mir, um mich zu bedienen. Sie hatte also noch eine Zugehfrau, eine Familie, die unten im Keller wohnte, diese Frau musste schwitzen und sauber machen, ich sollte nur für die Madame da sein. Britta: Klingt doch wunderbar… Ursel und ich, wir lachen. Ursel: Ja, ja, und wie wunderbar… Nämlich, ich durfte mit keinem sprechen. Ich musste in der Küche das Frühstück für sie zubereiten, die Brötchen und alles dazu zurechtstellen. Da war zum Beispiel in dieser Küche so ein kleines Fensterchen, da reichte der Botenjunge die Zeitung durch, und die Madame lag auf der Lauer, ob ich mit dem Botenjungen auch nur ein Wort sprach; passierte dies einfach mal, dann ging aber die Klingel und ich sauste nach unten, sie erinnerte mich sofort daran, dass ich mit keinem zu sprechen habe. Und das wurde alles immer schlimmer mit ihrer Kontrollsucht.

Ich bin ja im September zu denen gekommen, und dann kam ja bald die Advents- und Weihnachtszeit. Vorher, Ende Oktober, war dann ja mein Geburtstag. Da bekam ich einen Korb Obst und einen Pelz von ihr, so um die Schulter zu legen. Diesen brachte ich aber zu meiner Mutter, weil ich ihn nicht tragen wollte. Das war wahrscheinlich ein abgelegter Pelz von Madame, das wollte ich nicht gerne tragen, es passte auch so gar nicht zu mir, auch wenn sie das vielleicht gut gemeint hatte.

Nun aber weiter, es passierte noch einiges. Der Ehemann von Madame, der in diesem hochherrschaftlichen Haus auf der unteren Etage lebte, war fast immer unterwegs, Ursel hat ihn kaum zu Gesicht bekommen, die Madame und er gingen immer ihre eigenen Wege, und Ursel war ja auch nur für die Gnädige zuständig. Ursel: Eines Tages erzählte sie mir, dass ihr Mann Oberst im zweiten Weltkrieg gewesen sei. Er kannte den Herrn von Kleist, die Familie von Kleist waren Großgutsbesitzer in Pommern, sie hatten in der Nähe von Naseband ein Riesengut. Und mit dem Herrn von Kleist hat ihr Mann früher gejagt. Eines Tages jedenfalls erwartete die Madame Besuch. Sie hatte vor längerer Zeit Krebs gehabt und ein Professor Köhler hatte sie operiert. Dieser Professor stand jedenfalls auch in Verbindung mit denen von Kleist. Nun der Besuch! Aach, Herr Professor! jubilierte sie, heute kommt Herr Professor zu mir zu Besuch! Ach ja ja…, da müssen wir uns aber anstrengen für den Besuch von Herrn Professor, animierte sie mich. Dann hat sie besondere Tortenstücke geholt von einem bekannten Konditor, alles vom Feinsten, getan und gemacht, den Tisch wunderschön gedeckt für sie und Herrn Professor, ganz zu zweit. Während seiner Anwesenheit hatte ich natürlich nur mit einem Knicks, ohne zu sprechen, kurz zu erscheinen.

Als der Herr Professor sich dann nach einiger Zeit verabschiedete, erledigte ich den Abwasch in der Küche.

Die Tortenstücken waren auf einer speziellen Papierunterlage serviert worden, die war so wie mit gedruckten Spitzen umrandet, aber alles aus Papier. Jedenfalls lag der Rest der Torte auf dem mit Kirschen und Tortenfüllung beschmiertem Papier. Und was mache ich, ich nehme das zusammen und schmeiße das weg. Jetzt aber die Madame: Sagen Sie mal! Wo ist denn die Serviettenunterlage geblieben? rief sie mit einem Unterton von Empörung. Die habe ich weggeschmissen, antwortete ich. Was!? rief sie, das schmeißen Sie weg, wo Sie aus solch einer armen Gegend kommen, was fällt Ihnen denn ein, die Serviette wegzuschmeißen! Mein Mann kennt ja die Gegend, wo Sie herkommen, er war ja dort bei dem Herrn von Kleist zur Jagd, und Sie! aus dieser armen Gegend, die mein Mann ja kannte, schmeißen das weg?! Mir verschlug's die Sprache. Nach dem Besuch von diesem Professor war sie irgendwie noch abgehobener, stellte, als wäre sie gerade in den Adelstand erhoben worden, sich mit verschärfter Kontrolle über mich und mein Pommernland, als hätte sie dort auch das Sagen. Als meine Sprachlosigkeit wich, merkte ich, wie mir der Kamm schwoll, ich muss wirklich sagen, so wütend war ich noch kaum zuvor. Dann sagte ich: Gnädige Frau, darf ich Ihnen mal etwas sagen? Ja, ja, sag mir mal schön was… Was wird es denn sein? meinte sie.

Ich sprach also:
Einst hörte ich

dass man von meinem Heimatlande
so recht verächtlich sprach
ein ödes Land sei das
voll Sumpf und Sande
und Pommernvolk sei weit den andern nach
Ich sprach: Verzeiht
ich darf wohl fragen
habt ihr mein Pommern überhaupt gesehn
saht ihr auf Rügen unser Stubnitz ragen
und unseren Stubbenkammer Felsen stehn
zogt ihr entlang an den Forellenbächen
durch Täler weit beim lieblichen Polzin
saht ihr die körnerschweren Weizenflächen
bei Küritz, Rügenwalde und Demmin
seid ihr die Oder aufwärts schon gefahren
zogt ihr entlang den weiten Oderstrom
saht ihr den Ostseespiegel schon, den klaren
und schrittet ihr durch Pommerns Waldesdom
habt Rügenwalder Spickbrust ihr gegessen
Stralsunder Flundern und Kösliner Wurst
habt ihr in Pommern irgendwo gesessen
mit Pommernvolk zu löschen euern Durst
und lerntet ihr schon Pommerns Frauen kennen
die haben wo das Herz steht auf dem rechten Fleck
und hörtet ihr schon Pommerns Männer nennen
Ernst Moritz Arndt, Joachim Nettelbeck
und auch im letzten großen Völkerringen

hat Pommerns Treue sich bewährt
daheim wir alle jedes Opfer bringen
wenn draußen kämpft das Pommernschwert
Das sagte ich und alle, alle schwiegen
Sie schweigen, weil mein Wort sie überwand
So soll mein Wort stets die besiegen
die dich verachten, Pommernland.

Ich holte Luft, stand da und sagte: Gnädige Frau, am nächsten Ersten ist nun der letzte Arbeitstag für mich bei Ihnen. Was! rief sie, oh nein, das könnte Ihnen so passen, Weihnachten mitgenommen, tolle Sachen geschenkt bekommen, und jetzt wollen Sie Leine ziehen, na hören Sie mal, das ist aber ein schlechter Zug von Ihnen...! Britta lacht amüsiert über die Darstellung von Ursel und fragt: Wie alt warst du da? Ursel: So 25 Jahre wohl. Dann hat sie, die Gnädige, mich bekniet, das geht doch so nicht, das können Sie doch nicht einfach machen... Aber ich habe zu ihr gesagt, dann mache ich Ihnen einen Vorschlag: Ich bleibe noch bis zur Weihnachtszeit, sagen wir noch insgesamt ein Vierteljahr, aber dann bin ich weg, das, so wie bisher, kann ich mir nicht weiter bieten lassen. Mit diesem Kommandoton und mit keinem sprechen dürfen, geht es mir sehr schlecht. Plötzlich wurde sie anders... ‚Ach, heute fahren wir aus‘, rief sie, ‚der Chauffeur kommt, der Chauffeur kommt, der fährt uns aus, zieh dich man an, wir fahren heute ins Kino, und ein anderes Mal auch, wenn du magst, ins Theater.' Ich war wieder sprachlos, mit einem Mal war sie ganz anders, nun wollte sie mich halten. Meine Antwort war aber: Nein, nein, ich habe mich jetzt entschlossen und möchte dabei bleiben. Ich gehe wieder auf's Land zurück.

Da meldete sich eines Tages die Frau Friedlieb, die mir diese Stelle empfohlen hatte, da ging ich mal ans Telefon, als die Madame nicht da war. Ach, Fräulein Kopitzke, hörte ich am anderen Ende Frau Friedlieb sprechen, ich bekomme doch gar keinen Anschluss zu Ihnen, wie geht es Ihnen denn nur? Ich freute mich über den Anruf und sagte: Ich komme sonst nie ans Telefon, ich bin hier vom Regen in die Traufe geraten, es ist ganz traurig, dass ich Ihnen das sagen muss, denn man könnte ja denken, dass ich es nirgendwo aushalte, aber ich bin hier wie eingesperrt... Nachdem sie mir zugehört hatte, sagte sie: Nein, das ist auch für Sie nicht das Richtige, warten Sie mal, ich kenn' jemand und die kennt Leute, die suchen dringend ein Hausmädchen zum 1. Mai, da wird ein Kind geboren, zwar erst zum 1. November, aber diese Leute möchten schon jetzt ein Hausmädchen zu sich nehmen, damit dieses sich langsam einleben kann, die haben auch einen kleinen Hund, einen Dackel, und so weiter, also die suchen ernsthaft jemand, da können Sie sich doch mal vorstellen... Ursel: Ich dachte wieder nach, das war ja sehr fürsorglich von Frau Friedlieb, na ja und, diese Stelle war gleich um die Ecke, nur über die

Straße von hier, deshalb bin ich dann da auch mal hingegangen. Ich sagte denen, dass ich auf der anderen Stelle bis zum 1. Mai zugesagt habe, das waren noch acht Wochen hin. Die meinten: Das macht nichts, das passt, Sie sind uns sehr empfohlen worden und da warten wir einfach so lange. Kurz darauf hatten sie mich aber noch mal angesprochen und um meine schriftliche Zusage gebeten, damit sie etwas in der Hand haben.

Ab 1. Mai 1952 habe ich dann wirklich dort meine Stelle angetreten. Und ich sage dir, Britta, das war ein Unterschied wie Tag und Nacht. Die junge Frau, die schwanger war, und ihre Mutter, mit denen ich es nun zunächst zu tun hatte, schliefen gewohnheitsmäßig länger. Die Mutter war eine Dänin. Der Mann von der jungen Frau war schon frühmorgens ins Büro gefahren. Das war ein selbstständiger Betrieb, der Speditionen auf Schiffen kontrollierte. Der Vater von der Jungchefin hatte nach dem Krieg mit einem Dänen das Geschäft gegründet. Das erste nun, was die Familie zu mir sagte, war: Ach, Sie sind aber sehr runtergekommen, wir müssen Sie erst einmal aufpäppeln. Ich war wirklich sehr dünn geworden, hatte schon länger Magenweh, wahrscheinlich vor Kummer und Alleinsein, war auch appetitlos geworden… Also ich wurde von diesen mitfühlenden Frauen erst einmal zur Massage geschickt, in dieses Holthusen-Bad, das damals ganz berühmt war… Also erst einmal eine grüne Wiese hier für mich. Das Frühstück nahm ich zwar zu meiner Zeit alleine ein, aber ich bekam dasselbe wie die anderen. Die Butterhörnchen, die ich morgens holte, waren für alle da, ebenso für mich. Dick Butter bekam ich dazu, und langsam kam auch mein Appetit zurück.

Ich war in der Familie aufgenommen und wurde vollkommen integriert. Ich war ein anerkanntes Familienmitglied, auch bei den Kindern. Der Junge Andreas wurde im November 1952 geboren, das Mädchen zwei Jahre später. Ich wurde einige Zeit später dann noch mal von der ehemaligen Madame angerufen, sie brauchte einige Informationen zu meiner Versicherungskarte, beiher fragte sie aber, ob ich nicht doch wieder zu ihr zurückkehren möchte, sie bedauerte, dass sie sich nicht richtig verhalten habe mir gegenüber. Ich sagte aber gleich nein, ich bin hier wirklich glücklich in dieser Familie, das hier entspricht meinem Naturell, mit den Kindern und dem Hund und den Menschen, mit denen ich hier zu tun habe. Die passten zu mir und ich zu denen. Ich habe dann nichts mehr von ihr gehört. Aber für das ganze Leben hat mich diese Episode geformt! Dass ich gegenüber dieser Madame klar war und standhaft geblieben bin, unter solchen Bedingungen, die sie mir zugemutet hatte, nicht arbeiten wollte. Ich wollte als Mensch behandelt werden, und das geschah in dieser Familie, ich bin dort wirklich glücklich gewesen, und noch heute, viele Jahrzehnte später, sprechen wir miteinander, ich bin mit den Kindern noch ab und zu im Telefonkontakt, auch mit der Mutter meiner damaligen Chefin. Britta: Was war das, was euch über die Jahre verband? Ursel: Also menschliche Wärme hatte ich von allen erfahren, und das begründete auch unsere Verbundenheit und ein dauerhaftes Interesse aneinander über die Jahre.

Ursel berichtet nun viele Beispiele aus ihrem Leben in und mit der Familie: Ich erinnere mich, dass mein Chef damals, bald nachdem ich dort angefangen hatte, auch ein Interesse für meine Familie hatte, er fragte: Wie geht es denn Ihrer Familie? Das war ja nicht lange nach dem Krieg, wir waren ja Rucksackflüchtlinge, und der fragte nun, wie es meiner Mutter, meinem Bruder ginge! Wir hatten ja nicht viel… Und er sagte dann zu mir: Na, Ihrer Mutter und Ihrem kleinen Bruder, denen werden wir mal 'ne Weihnachtsfreude machen. Dann hat er für alle Würstchen ,satt' besorgt und ein großes Stück Fleisch und Kohlen, es war ja alles noch sehr knapp. Meine Mutter hatte ein paar Hühner angeschafft, um Eier zu haben, selbst für das Viehzeug hat mein Chef Futter eingepackt und der Fahrer hat das alles zu meiner Mutter nach Bönningstedt gebracht.

Am Sonntag konnte ich nach dem Mittagessen auch immer zu meiner Mutter nach Hause fahren, die ,Chefin' sagte dann schon gleich: Ich räum' alles ab und mach' den Abwasch, hau ab, dass Du zu Deiner Mutter kommst..., alles wurde in Gegenseitigkeit bedacht, so dass alle zufrieden waren.

Ursel spricht nun über ihre Erfahrungen mit den Kindern: Der Sohn wurde unbewusst von seiner Mutter vorgezogen, das Mädchen häufiger zurückgestellt. Es spürte dies und schloss sich von klein auf eng an mich an. Mir tat es so leid, dass sie die Zurücksetzung spürte, deshalb war dieses kleine Mädchen m e i n Kind, es war meine Rosenknospe und mein Augenstern... Britta: Wie schön... Ursel: Die Familie wollte in die Schweiz zum Skilaufen, da sagte die Kleine: Ich bleib' bei Ulla, ich bleib' bei Ulla! Und da haben wir uns eine schöne Zeit gemacht, ihr Bettchen habe ich an mein Bett 'ran geschoben, so sind wir abends immer Hand in Hand eingeschlafen. Einmal waren wir bei der Großmutter, die ja nicht in dieses neue Haus, in dem ich mit der Familie wohnte, mitgezogen war, die Kleine und ich, wir waren dann bei ihr eingeladen. Sie hat uns Mittagessen gemacht, mit Nachtisch und allem, alles selbst gekocht, sehr gut. Die Großmutter sollte aber die Kleine nicht fragen, wo sind denn Deine Eltern, hast Du gar kein Heimweh nach Papa und Mama? Aber das konnte sie nicht unterdrücken, sie fragte doch die kleine Karin, wo sind denn Deine Eltern, hast Du denn gar kein Heimweh nach ihnen? Die Kleine antwortete spontan: Nein, ich nicht, aber die nach mir... Also so waren wir beide miteinander sehr verbunden, alle waren sehr lieb mit mir und ich mochte alle sehr, sehr gerne, aber die Kleine war mein Ein und Alles.

Ursel erzählt nun noch zwei Geschichten aus Karins Kindheit, von denen sie heute noch sehr berührt ist. Ursel hatte ihr ein Nachthemd genäht, ein einfaches, es war nichts Besonderes, auch kein so schönes wie die anderen, aber Karin hat dies Nachthemd mit Vorliebe getragen, wollte es nicht mehr ausziehen, auch am Tage lief sie damit herum, andere Kleider und Nachthemden waren ihr uninteressant geworden. Britta: In diesem Nachthemd steckte Deine ganze Liebe zu ihr... Ursel: Ja, das war so, aber ich habe sie gar nicht vorgezogen, ich gab ihr nur die liebevolle Aufmerksamkeit, die von der Mutter dem Sohn mehr zukam, sonst wurden sie in allem gleich von mir behandelt. Als sie noch klein waren, waren sie sehr anhänglich, morgens kamen sie regelmäßig zu mir ins Bett, dann musste ich immer in jedem Arm einen ganz fest halten, sie schmiegten sich beide ganz doll an mich an. Und oft am Tage saßen sie auf meinem Schoß und suchten meine Nähe. Die Mutter kam sogar eines Tages besorgt zu mir und sagte: Ich glaube, ich muss mich wohl mehr um meine Kinder kümmern, ich habe geträumt, dass sie mir gestohlen worden sind. Sie saß auf einem Hocker und war ganz traurig, ach, sagte sie, das war schlimm mit diesem Traum, sie war ziemlich durcheinander, und: Da kam die Kleine aus dem Bad zu uns, wir saßen dicht zusammen, sie legte ihre Ärmchen um uns beide und sagte: Jetzt hab' ich Zwinglinge, also Zwillinge. Ursel weint bei dieser Erinnerung... Britta: Wie schön, dass ihr beide für sie da sein konntet, ohne Konkurrentinnen zu sein. Ursel nickt unter Tränen: Ja, das war ja auch meine C h e f i n , und sie hatte Vertrauen zu mir, so konnte die Kleine ihre völlig eigene Beziehung zu mir haben. So sagte sie auch manchmal: Ulla, ich möchte gar nicht groß werden, leg' mir doch einen Stein auf den Kopf, damit ich nicht mehr weiterwachse.

Und die andere Geschichte hat mich genauso berührt, da war sie etwa viereinhalb Jahre. Ich musste zum Arzt, ich hatte einen Abzess unterm Arm und die Chefin sagte, ich habe etwas vor und kann die Kleine nicht nehmen, wenn Sie zum Arzt gehen, dann nehmen Sie sie doch einfach mit. Das machte mir gar nichts aus und sie kam sowieso gerne mit mir. Da ich nun schon am Tage gearbeitet hatte, wollte ich sauber zum Arzt kommen und habe mich deshalb oberhalb gewaschen. Ich hatte um mein Waschbecken einen Vorhang, den habe ich zugezogen, und die Kleine spielte bei mir im Zimmer. Da kam sie aber plötzlich zu mir und sagte: Ulla? Warum ziehst Du denn zu? Warum soll ich Dich denn nicht sehen, wenn Du Dich wäschst? Ich weiß doch, was Du da hast. Ja, wieso? fragte ich, was weißt Du denn? Natürlich weiß ich, da hab' ich getrunken, als ich noch ein Baby war Waas? Das weißt Du noch? fragte ich sie. Jaa, natürlich, sagte sie wieder, ich hab' bei Dir getrunken und Andreas bei Vati.

Jedenfalls, die Mutter nahm sich dann nach ihrem schweren Traum mehr Zeit für ihre Kinder. Wenn die Eltern mal gemeinsam Urlaub machten, versorgte ich beide Kinder wie selbstverständlich. Der Junge ging ja dann auch bald zur Schule, und einmal war ich wieder für beide zuständig, so wollte ich ihn jeden Tag schick anziehen, aber dagegen wehrte er sich und sagte: Die anderen lästern über mich, dass ich immer wie auf 'ner Hochzeit gekleidet sei. So ließ ich ihn in seinen schlumpigen Sachen ziehen... Eine Zeit lang wollte er, dass ich ihm die Schuhe zubinde, dann habe ich gesagt, das kannst Du alleine, er aber, nein, dafür bist Du doch da, Ulla. Er wollte mich unbedingt 'rumkriegen, aber er musste es alleine machen. Das war nur so eine Phase, später, als er größer war, war er immer sehr lieb zu mir.

Ach, an sehr lustige Zeiten, die wir in unserer kleinen Gemeinschaft hatten, kann ich mich erinnern. Wenn es in den Urlaub ging, wurde die Planung immer sehr sortiert. Es musste immer einer da sein, mit wenigen Ausnahmen, die beiden Eltern machten manchmal Urlaub, dann machte ich Urlaub, dann machte sie, die Chefin, mal ein paar Tage Urlaub, und dann auch er alleine. Wenn er dann weg war, da schlief ich dann an ihrer Seite im Ehebett, also da, wo der Mann sonst seinen Platz hatte, und um uns herum schliefen die Kinder. Das waren fröhliche Tage und alle genossen diesen kleinen lustigen Pfuhl. Es gab kein Misstrauen oder Benutzen des anderen, es war einfach nur gemütlich. Britta: Klasse! Super! Du warst ja dann wie eine Mutter für die Kinder und auch für sie… Ursel: Nicht wie eine Mutter, sondern wie eine Schwester, das passt besser, wir waren ja altersmäßig gar nicht weit auseinander, sie war nur etwa drei Jahre älter. Ursel weiter: Als ich 1960 heiratete, dachten sie, dass ich weiter bei ihnen arbeiten würde, aber das wurde zu viel mit zwei Haushalten. Herbert und ich, wir hatten nun auch eine Wohnung und somit auch einen eigenen Haushalt. Britta: Also fand dann mit der Hochzeit von Ursel und Herbert ein Abschied statt, Ursel konnte bei ihrer vorherigen Rund-um-die-Uhr-Anwesenheit in der Familie kaum ihrer Ehegemeinschaft nachkommen. Der Junge war dann zu dieser Zeit, 1960, acht Jahre und das Mädchen sechs Jahre alt. Ursel konnte es den Kindern, besonders dem Mädchen, nicht mitteilen, dass es ein Ende mit ihrer Betreuung haben würde, sie war sich sicher, dass die kleine Karin es sehr erleiden würde. Deshalb bat sie die Eltern, diese Aufgabe zu übernehmen. Die Trennung war für Ursel und gleichermaßen für die ganze Familie sehr schmerzvoll. Ursel wurde daher erst einmal krank. Ursel: Ja, ich war seelisch krank, musste im Bett bleiben in der Zeit, wo ich noch bei ihnen war, die ‚Chefin' sagte, ich fahre Sie zum Arzt und hole Sie auch wieder ab. Nach dem Arztbesuch, auf der Rückfahrt, kamen auch die Kinder mit, Karin hatte ein Buch dabei, das sie, an mich gekuschelt, mir zeigte, und obwohl das Buch auf dem Kopf stand, las sie mir daraus vor, um mich zu trösten. Sie konnte noch nicht lesen, und ich war sehr gerührt und schon halb genesen.

Der Wunsch, mit meinem Mann zu leben, entschied dann die endgültige Trennung. An unserem Hochzeitstag hatte sich der Chef freigenommen und kam extra aus dem Büro zur Trauung, gemeinsam mit seiner Frau und den Kindern. Sie blieben auch zum Mittagessen und noch später zum Kaffeetrinken. Die Kinder hatten beide ein Gedicht gelernt und trugen es mir und uns vor. Ursel kämpft sehr mit den Tränen, als sie heute, nach 53 Jahren, diese Gedichte nachspricht:

Der Junge:

Wir reichen Dir hier Kranz und Schleier
umwoben dicht von Sonnenschein,
sie sollen bei Deiner schönsten Feier
unserer Liebe Sinnbild sein.

Das Mädchen:

Hier steh' ich nun mit Blumen in der Hand
die Blumen aber sind nicht meine
Ich gebe sie der lieben Braut,
nimm sie, es sind Deine.
Sie sollen ja ein Zeichen unserer Liebe sein
Ein Zeichen, dass wir immer an Dich denken

Gott möge Deine Schritte gütig lenken.

Ursel rollen die Tränen über die Wangen, aber sie behält ihre Haltung im wunderbaren Vortragen dieser Gedichte und der Liebe, die in ihnen steckt und aus diesen Kinderherzen spricht. Ich bin mit Dir gerade in dieser vergangenen Gegenwart, sage ich zu Ursel, in mir ist ein sehr schönes Bild entstanden von Dir als Braut und vor Dir stehend Deine kleinen Trauzeugen.

Ursel, die sich nun wieder etwas gefangen hat: Ach, das ging ja noch bis zum Schluss ganz lustig weiter, wir sind dann zum Fotografen gefahren, und Karin sofort wie der Blitz hinter mir her: Ich will mit, ich will mit! So nahmen wir sie mit... Der Fotograf sagte dann zu ihr, komm mal weg, Du kannst nicht neben der Braut sitzen, weißes Kleid und weißes Kleid, das blendet, das passt nicht zusammen, setz Dich mal an Vaters Seite... Nein! rief sie ganz laut, nein, d a s i s t n i c h t m e i n V a t e r, und sie bestand darauf, dass ein Foto von ihr an meiner Seite gemacht wird.

Ursel und ich, wir schweigen eine Weile, dann sagt sie: Ja, Britta, so ist es mit dem Leben und der Erinnerung. Britta: Ja... Wie gut für uns beide, dass Du auch eine Zeitzeugin in mir hast... Ich bin immer ganz überrascht, was Du so an Wechseln erlebt hast. Schon in jungen Jahren bittere Verluste, Deine erste Liebe durftest Du nicht leben, Lebensbedrohungen, Entwurzelungen, Büßen für die Schuld der deutschen Machtpolitiker und der Waffenindustrie, Enttäuschungen mit Menschen, für die Du ehrliche Arbeit geleistet hast... Aber Dein guter Ruf als aufrichtiger, fleißiger junger Mensch hat Dich zu dieser Familie gebracht, die alle mit Dir eine glückliche Gemeinschaft gebildet haben.

Britta weiter: Eigentlich möchte man ja noch wissen, was so im Einzelnen aus dieser Familie geworden ist, denn sie waren ja ein ganz besonderes Herzstück in Deinem Leben. Vielleicht magst Du noch etwas über sie erzählen? Ursel: Ja, es verband uns später immer ein Interesse aneinander, an den Geburtstagen haben wir uns angerufen und immer voneinander mitbekommen, wie es so weiterging in ihrem Leben. Die damalige Jung-Chefin, also die Mutter von diesen beiden Kindern, die ist heute 91 Jahre alt, hat mit dem Gehen Probleme und kann auch nur noch schlecht sehen. Der Sohn hat dafür gesorgt, dass sie in ein sehr gutes evangelisches Stift kommt, direkt an der Elbe, da kann sie, weil sie ja mit Schifffahrt immer beschäftigt war, die Schiffe rauf und runter fahren sehen, so weit, wie es geht, das mag sie sehr gerne. Wir können uns heute nun nicht mehr besuchen, aber wir telefonieren in größeren Abständen.

Der Sohn ist damals, nach seinem Studium, in das Geschäft des Vaters der Familie eingetreten und er hat es auch später übernommen. In seiner Ehe, so erzählte mir öfter seine Mutter, war manches wohl schwer, die Frau konnte nur ein Kind bekommen, obwohl da mehr Kinderwünsche waren.

Die Kleine, erzählt Ursel weiter, hatte, so wie die Mutter mir das mal mitgeteilt hat, mit den Männern etwas Pech, sie hat auch spät geheiratet. Zur Hochzeit war ich in die Kirche eingeladen und zum Empfang. Sie war eine entzückende Braut und freute sich sehr, dass ich mit dabei war. Ja und obwohl sie so spät geheiratet hat, schon über dreißig, hat sie noch vier Kinder auf die Welt gebracht... Es ist noch gar nicht so lange her, als mir die Mutter erzählte, dass Karin sich von ihrem Mann hat scheiden lassen, sie war wohl in der Ehe nicht glücklich. Britta: Sich scheiden lassen ist aber oft nicht immer mit Pech verquickt, vielleicht war es eher eine Befreiung für Karin, wenn sie unglücklich war, immerhin hat sie ja auch noch vier Kinder großgezogen, das ist eigentlich ein tolles Resultat und auch eher ein Glück im Leben... Weißt Du etwas darüber? Die Kinder müssten jetzt doch auch schon erwachsen sein?? Ursel: Ja, der Älteste, Max, der ist in Bremen und wird Kapitän, die hatten ja immer mit Schiffen zu tun. Die zweite, das ist ein Mädchen, die hat in Greifswald Pharmazie studiert, ist also Apothekerin. Die dritte ist in der Wirtschaft tätig oder auch noch lernend, und der vierte, wieder ein Junge, ist ein Nachkömmling, der hat gerade das Abitur gemacht und hat einen Studienplatz in Medizin. Britta: Das hört sich ja wirklich gut an, so viele Kinder auf einen guten Weg zu bringen, man kann dabei nur hoffen, dass die auch zur Mutter, zu Karin, stehen. Ursel: Oh ja, die stehen alle zu ihr! Britta: Sie hat ja von Dir als Kind von Anbeginn so viel Herzenswärme bekommen, viel Liebe und Verständnis, man kann sich vorstellen, dass sie das auch geprägt hat und sie ihren Kindern auch diese Aufmerksamkeit geben konnte... Ursel: Ja, das bestimmt, sie war ja so ein liebes Kind, hat alles geteilt, und sie selbst war eine gute Mutter und ist es immer noch... Und weißt Du, Scheidung ist heute gang und gäbe, besser nicht mehr unglücklich und klare Verhältnisse... Britta: Genau, ich selbst finde es prima, dass Karin einen Wandel vollzogen hat, das ist hier auch der rote Faden in meinem gesamten Gesprächsverlauf mit Dir, es ist doch manchmal entsetzlich und jammervoll, was das Schicksal uns Menschen so um die Ohren schlägt, aber was der Mensch daraus macht, sein Wandel ist doch interessant, wenn er oder sie dafür offen ist.

Wir machen nun einen Sprung, Ursel, aus der Zeit Deines Abschieds und des Neubeginns in Eurer Ehe zu Deiner weiteren Berufsfindung. Du warst 36 Jahre und Herbert 32 Jahre alt, ihr kanntet Euch jedoch auch schon einige Jahre vor Eurer Eheschließung. Ursel: Ja, so als Ehepaar wünschten wir uns mal, eine Reise zu machen, und so viel Geld dafür war ja nicht da, wir waren beide Rucksack-Hamburger, also beide Flüchtlinge aus Pommern. Dann war nach Annonce eine Stelle frei bei Reemtsma, der großen Zigarettenfirma. Die wollten aber von Hamburg nach Berlin mit ihrer Herstellung und dem Vertrieb. Das hieß, sie suchten nur begrenzte Zeitkräfte, zahlten aber gut. So bekam ich diese Stelle dort, einerseits war es gruselig, wie alle dort qualmten, aber es gab alles umsonst, doch ich machte mir nichts daraus, auch Herbert hatte, seit ich ihn kenne, aufgehört zu rauchen. Nun arbeitete ich dort, das ist mir nicht leicht gefallen, denn viele Mitarbeiter waren sehr hochnäsig, es war schwer, einen kollegialen Kontakt aufzubauen. Aber mit einer Kollegin klappte es dann doch, sie wohnte in der Nähe von uns, und mit ihr habe ich mich dann regelmäßig zur Schichtarbeit getroffen. Darüber fiel es mir leichter, mich dann doch in diese Arbeitsweise mit diesen Leuten einzufügen. Täglich wurden aber die Leute, die zur Aushilfe da waren, entlassen. Ich dachte, Mensch, die haben Dich vergessen, aber nee, ich war ein Dreivierteljahr dort, und das war der höchste Satz, so wurde ich auch entlassen. Die Kündigungen haben mich so aufgeregt, dass ich mit meinem Herzen erst einmal krankgeschrieben war.

Ich wollte auf jeden Fall wieder etwas anfangen, da suchten sie bei Langnese-Bienenhonig jemand. Ich bin hin und der Meister war sehr nett. Andere Arbeitsstellen haben mich nach der Bewerbung sitzen gelassen, einfach nichts von sich hören lassen, also habe ich mich für

Langnese-Honig entschieden. Anfangs machte mir der längere Anfahrtsweg Schwierigkeiten, denn jede Art von Umsteigen war mir fremd, aber auch das ließ sich lernen. So habe ich im Dezember angefangen und hoffte auf ein Weihnachtsgeld. Es kam, das war ganz toll! Wir konnten es so gut gebrauchen. Auch mit den Angestellten, den Mitarbeitern, ging alles gleich gut, das war ein Pott und ein Pann. Es herrschte deutlich ein Gemeinschaftsgeist vor und es gab keine Schichtarbeit. Hatte einer Geburtstag, dann wurde für alle etwas ausgegeben, und ich gehörte gleich dazu. Das gefiel mir alles sehr gut. Zu Weihnachten kriegten wir sogar eine Gans und eine große Tüte mit Süßigkeiten. Bald hieß es aber, die Firma geht weg von ihrem Standort! Meine Lieblingskollegin, so wie auch ich, wir überlegten, ob wir dem neuen Standort außerhalb von Hamburg folgen wollen. Wir stellten fest, dass die Verkehrsmittel um Hamburg herum dies möglich machten. Wir nahmen also diese Arbeit weiter an. Von Anfang an haben wir, sie und ich, alle Arbeit gemacht, ich habe Gläser aufgestellt und gefüllte Gläser eingepackt, am Fließband! Alles, was anfiel, es ging immer zack, zack, zack! Zuerst habe ich gedacht, das schaffst Du nie, und meine Hände, die Adern quollen da so richtig raus, ich dachte häufig, oh nee! Aber ich habe nicht gemeckert, Du weißt ja, aller Anfang ist schwer. Nachher hab' ich mich da so eingefuchst, und die wussten, dass ich zuverlässig bin. Mit dieser Kollegin,

Frau Steg hieß sie, ging alles Hand in Hand und in gutem Einvernehmen. Sie war robuster als ich, wenn uns irgendjemand mal zu nahe kam mit Worten, dann verscheuchte sie diesen mit ihrer rauen Stimme: Was willst Du? Mach Dein's... usw. Sie mochte mich sehr und ich sie, und durch sie, glaub' mir, Britta, hatte ich immer einen Schutzengel. Ich habe Dir schon manches von ihr erzählt, sie starb vor zwei Jahren, das war für mich schwer zu ertragen. Auch viele schöne Sachen, auch Kleidungsstücke von sich, hatte sie mir geschenkt, und wenn Du, Britta, zu mir sagst, Du hast heute aber wieder etwas Schönes an, dann stammt das von ihr. Wenn ich mal Ärger hatte, dann hat sie mich getröstet, oder ich sie im umgekehrten Fall. Sie hat mit ihren gebackenen Sachen immer an mich gedacht und anderes mehr. Britta: Bestimmt hat ein gemeinsamer Schutzengel euch beide zusammengebracht. Es geht nichts über eine freundschaftliche Fürsorge unter uns Menschen.

Ursel: Nun noch mal zurück in unsere Firma. Auf dem Weg dorthin, in Borgteheide, waren wir schon immer eine Gruppe von Kolleginnen, morgens noch verschlafen im Zug, aber mit Beginn unserer Tätigkeit in der Firma waren wir hellwach. Frau Steg war auch Fließbandarbeiterin. Als eine Vorarbeiterin ging, hat sie dann den Posten bekommen. Die Benennung zur Vorarbeiterin wurde bei uns auch mit Directrice bezeichnet. Das hatte aber für den Ablauf dieser Arbeit keine sonderliche Bedeutung. Als Frau Steg später dann in den Ruhestand gegangen ist, wurde ihr Posten als Vorarbeiterin frei. Die Geschäftsleitung fragte sich, wen nehmen wir denn für sie als Nachfolgerin? So fragten sie auch Frau Steg: Können Sie uns nicht mal beraten, Sie kommen doch mit allen Mitarbeitern hier im Betrieb zusammen. Ja, sagte sie gleich, ich weiß jemand, die am besten geeignet ist... Ja, wer denn? Na, die Frau Neumann, also ich... Was? sagten einige, die! Die ist doch immer so still... Ja, das ist sie, sagte Frau Steg, aber sie hat alle guten Voraussetzungen: Sie ist hundertprozentig zuverlässig, arbeitet schnell und akkurat, ohne Fehler, hat eine vollständige Übersicht, ist eine kluge Frau, sie kann gut anleiten und sie drängt sich nirgendwo nach vorne. Der gesamte Vorstand mit dem Meister ist dann ihrem Vorschlag gefolgt und sie haben mit mir gesprochen. So bin ich Vorarbeiterin geworden, war aber zunächst selbst noch unsicher, ob ich das schaffen werde. Jetzt war meine Arbeit: die Kontrolle. Gewichtskontrolle im Glas, denn die Maschinen hatten mal zu viel Druck von oben, mal zu wenig, und jeder Tank mit dem Honig hatte eine Nummer, und wenn da mal was war, zum Beispiel eine Reklamation, dass der Honig nicht so gut sei, denn der kommt ja von weither, so habe ich die Nummer vom Tank aufgeschrieben, und sollte eine Reklamation kommen, dann wusste ich nach der Nummer, aus welchem Tank der Honig stammte und woher er kam. Das war interessant, die Arbeit hat mir großen Spaß gemacht. Später habe ich dann mit einer elektrischen Waage gearbeitet, da wog ich erst die Gläser aus, und das musste blitzschnell gehen, die dann unter die fahrende Abfüllmaschine stellen, leer reinstellen, voll wieder rausnehmen, in Kartons stellen, pro Karton immer zwölf Gläser… An die Schnelle musste ich mich gewöhnen, aber es ging nach und nach und machte mir Spaß. Das habe ich dann mindestens zehn Jahre gemacht. Dann hieß es, die Frau Harms geht in Rente, sie war auch eine Vorarbeiterin, die aber mit den Mitarbeitern zu tun hatte. Frau Steg hat gleich zu mir gesagt, Frau Neumann, bewerben Sie sich um deren Stelle, Sie kriegen die… Ach, ich war glücklich doch mit meiner Arbeit und wollte gar nicht mehr, auch wollte ich mich nicht mit den Leuten rumärgern… Eine andere Vorarbeiterin sagte dann sehr eindringlich zu mir, überlegen Sie sich das gut, mit dieser Stelle kämen Sie ins Angestelltenverhältnis, Sie verdienen da mehr und das zahlt sich auch für die Rente aus, bewerben Sie sich, Sie würden die Stelle kriegen, weil Sie ja auch schon öfters die Vertretung da gemacht haben… Ziemlich zögerlich habe ich dann meine Bewerbung oben im Büro der Geschäftsleitung abgegeben. Ziemlich bald darauf holte mich der Meister und ging mit mir in dieses Büro der Geschäftsleitung, die sagten dort: Frau Neumann, wir haben uns für Sie entschieden, Sie haben ja auf dieser Stelle schon die Vertretung gemacht. Es waren noch drei weitere Bewerber… Und schon hatte ich es mit Neid zu tun. Eine andere langjährige Kollegin war sofort beleidigt, als sie hörte, dass ich die Stelle bekommen habe. Der andere Meister, wir hatten ja zwei, der war mir nicht so gesonnen: Ach, die Frau Neumann auf dieser Stelle, die schafft das nicht, die redet ja nie, ist immer ruhig, sagt nicht mal lautstark ihre Meinung, trumpft nicht auf, die ist nicht für diese Stelle geeignet... Dann kam aber mal der Chef, der mich eingestellt hatte, zu mir herunter in das Kabäuschen, wo ich rechnete und verkaufte, er fragte mich, wie es mir geht. Ganz gut, sagte ich, und er antwortete, wir im Chefbüro sind auch sehr zufrieden mit Ihnen, nun sind die, die skeptisch waren, eines Besseren belehrt, Sie haben sich richtig und schnell gut eingefuchst in Ihre Arbeit, auch alle anderen in der Gesamtleitung sehen das so. Wenn ein Problem zu besprechen ist, erledigen Sie dies auf eine ausgewogene und ruhige Art. Ich persönlich, sagt Ursel, habe mich sowieso mit allen Kollegen und Kolleginnen über die Jahre immer gut verstanden. Das änderte sich auch in meiner neuen Aufgabe, trotz kritischer Stimmen, nicht. Zum Beispiel war ja da diese Geschichte mit zwei jüngeren Mitarbeiterinnen, die quatschten viel miteinander und schluderten dabei in ihrer Arbeit. Und dieser Meister mit der Skepsis gegen mich sagte, sehen Sie mal, Frau Neumann, diese beiden schludern doch rum, da müssen Sie sich doch drum kümmern! Ich antwortete, das sind sonst ganz vernünftige junge Frauen. So bin ich zu diesen beiden hingegangen und habe gesagt: Wissen Sie, Ihr Rumquatschen und bei der Arbeit Schludern, das hilft mir nichts, da kommen zu viele Fehler rein. Macht ihr einfach nur korrekt eure Arbeit, dann wird niemals jemand etwas gegen euch sagen können. Das haben die beiden eingesehen und es lief fortan alles reibungslos.

Britta: Der Meister, der kritisch gegen Dich war, hat der sich beruhigt? Wurde er umgänglicher oder zeigte er mehr Anerkennung? Ursel: Nein, den habe ich gemieden, wir alle, der war nicht nach unserer Mütze... Der andere Meister, Herr Bloom, der mir zur Seite gestanden hatte, mit dem ging es Hand in Hand.

Heute im hohen Alter bin ich manchmal stolz auf mich selbst, ich habe in der Zeit als Kontrolleurin keine einzige Beschwerde gehabt. Wenn ich mal nicht gewogen habe, weil ich eine andere Arbeit machte oder auch im Urlaub war, dann kamen häufig genug Beschwerden, weil die Gläser nicht richtig gefüllt waren, der ganze Schwung kehrte zurück, manchmal waren die Etiketten auch falsch raufgeklebt, und das konnte in großen Mengen sein. Jedenfalls kann ich sagen, dass ich in der ‚Kontrolle' fehlerfrei gearbeitet habe, und das erfüllt mich heute noch mit Stolz.

Als ich im Rentenalter meinen Abschied von der Firma nahm, war ich zum Frühstück im Chefbüro eingeladen. Danach durfte sich die ganze Belegschaft mit einem Glas Sekt von mir verabschieden, dazu gab es Salzstangen und Kekse. Es sind auch alle gekommen, um mir tschüss zu sagen. Ja also, das war mein Abschied. Der eine Vorarbeiter hat uns, mein Mann hatte mich abgeholt, nach Hause gefahren und hat noch einen Kaffee bei uns getrunken. Britta: Wie lange bist Du denn bei Langnese gewesen? Ursel: 23 Jahre. Britta: Donnerwetter! Und immer in dieser Arbeit à tempo! Ursel: Ich bin immer gerne zur Arbeit gegangen, weil es mir Spaß gemacht hat. Britta fragt: Noch mal zu meiner Orientierung, Ursel, Du warst also Vorarbeiterin, und damit im Vertrieb tätig? Und immer im Fließbandtempo? Ursel: Ja. Britta: Und Du hast viel Anerkennung bekommen und warst mit allen in gutem Kontakt? Ursel: Ja. Britta: Da gab es mal eine Erinnerung, von der Du bezüglich der Weihnachtsfeier bei euch im Betrieb mir erzählt hast. Es ging darum, dass Du die Vorbereitungen mitgestaltet hast, auch eine Festzeitung zusammengestellt hast, und Dein Hang zur Sprache und zu Gedichten so deutlich wurde. Ursel: Das war der Festausschuss, in den ich gewählt wurde. Wir waren als Belegschaft damals insgesamt 135 Leute, also drei bis vier Tische, so ganz lange, die gedeckt wurden, und es waren ja auch Männer mit dabei. Ich dachte im Anfang, die lachen dich ja aus, wenn ich ein Gedicht vom Heiligen Christ aufsage. Das dachte ich, aber es war nicht so, ich hatte mich nur nicht getraut. Nun hatte ich aber überlegt, dass müsste etwas anderes, Lustiges sein, da fand ich dies Gedicht von James Krüss, das habe ich dann vorbereitet: „Heute tanzen alle Sterne", das haben wir im Verlauf unseres Gesprächs schon einmal dokumentiert. Jedenfalls hat das viel Anklang gefunden in der gesamten Belegschaft. Auch später immer wieder. Hier wie auch zu anderen Gelegenheiten, zum Beispiel auf unseren Kirchenweihnachtsfeiern, habe ich immer meine Weihnachtsgedichte aufgesagt, mit sehr viel Erfolg. Jedenfalls auf einer Betriebsfeier zum Weihnachtsfest war ein neuer Meister anwesend, der sollte erst im Januar anfangen, war aber nun schon, um sich vorzustellen, auf dieser Weihnachtsfeier dabei. Er hieß Herr Nebgen. Und der Herr Bloom, unser beliebter älterer Meister, erzählte mir danach, dass dieser zukünftige Meister ihn gefragt habe: Wer ist d a s denn, die da das Gedicht aufsagt? Das ist unsere Frau Neumann, sagte der Bloom, ach, sagte der Nebgen, das war aber toll, und da er mich dann öfter mitbekommen hat und auch kannte, hat er später auf mich sogar ein Gedicht geschrieben, das ich in die Festschrift aufgenommen hatte, und während der Weihnachtsfeier hat er dies dann auch aus der Weihnachtszeitung vorgelesen, die ich gestaltet hatte. Es entstand also mit ihm von vornherein gleich ein guter Kontakt. Alle, die ganze Belegschaft, waren doch immer sehr angetan von meiner Weihnachtszeitung und meinen Gedichtvorträgen. Damit musste ich gar nicht angeben, das war etwas, das ich wirklich auch gut konnte.

Wir bekamen jedes Jahr 100 DM Weihnachtsgeld. Als ich aber schon auf Rente war, blieb dies aus. Ich habe deshalb im Büro angerufen und gefragt, warum es mir im Rentenalter nicht mehr überwiesen wird. Dort wurde gesagt, dass es ersatzlos gestrichen worden sei, das hat der Herr Nebgen mitbekommen, er hat sofort gesagt: Nein, das machen wir nicht, Frau Neumann steht das Weihnachtsgeld zu, sie bekommt das. So bekam ich es, seit der Euro-Umstellung sind es immer noch 50 Euro jedes Jahr, über die ich mich und mit meinem Mann auch freue. Britta: Also dies ist noch mal ein schöner Abschluss Deiner Berufszeit.

Mir gingen im Nachdenken über all Deine Berufsjahre noch Fragen durch den Sinn: Du hattest ja erklärt, dass Du wirklich Freude an Deiner Arbeit hattest, aber warst Du auch zufrieden mit dem Einkommen? Hat Langnese damals angemessen bezahlt? Ursel: Ja, ich war zufrieden. Langnese gehörte ja zu Oetker und Oetker war wirklich der Arbeitgeber, nach Reemtsma, der gut bezahlt hat, und es wurden auch alle Feiertage eingehalten. Zu Weihnachten gab es Geschenke, es gab sehr schöne Weihnachtsfeiern, ich kann nicht sagen, dass man unzufrieden war, auch nicht hinter dem Rücken der Geschäftsleitung. Britta: Also nicht ausgebeutet? Wie man heute im Streiten um einen angemessenen Lohn hört. Ursel: Nein, Ausbeutung haben wir nicht empfunden. Wir hatten auch erst noch keine Gewerkschaft, das regelte alles die Geschäftsleitung. Später war die Gewerkschaft durch Mitglieder in der Firma, aber es gab keine Missverhältnisse und keine Gehaltsstreitigkeiten. So gab es zu dieser Zeit keinen Grund, die Gewerkschaft einzuschalten. Der oberste Chef, also der Oetker selbst, hatte mal einen runden Geburtstag, der achtzigste, glaube ich. Jedenfalls hat er gesagt, die Rentner sollen auch davon was haben, denn die haben ja den Betrieb groß gemacht. So bekam jeder 500 DM als Sonderbetrag. Wir haben uns alle sehr darüber gefreut, das war viel Geld für uns, man konnte echt damit etwas anfangen.

Natürlich stimmte es, dass die Rentner zur Entwicklung des Betriebes wesentlich beigetragen haben. Im Anfang hatten die Gläser noch auf einem kleinen Wagen Platz, es gab also wenig Honig zur Verarbeitung. Der Betrieb entwickelte sich aber bald zu einem Großbetrieb: Honig aus allen Ländern der Welt, aus den USA und aus arabischen Ländern kam Wildhonig zur Verarbeitung. Der Vertrieb boomte, deshalb hat die Firma sich aus einem kleinen in einen großen Betrieb mit 135 Angestellten entwickelt, und ich war ein kleines Rädchen darin. Britta: Aber als lebendiger Mensch mit besonderen Fähigkeiten und einem umfassenden Schicksal.

Im weiteren Interesse sage ich: Der gesunde Menschenverstand fragt, die Ursel hat so viel gearbeitet, ist sie dann am Ende wirklich zufrieden mit ihrer Rente?

Ursel: Ja, es wurde nach dem Rentengesetz berechnet, ich war ja durch meine Position als Vorarbeiterin in eine etwas bessere Gehaltsstufe gekommen. Das und meine Arbeitsjahre wurde zugrunde gelegt, auch die Jahre, die ich auf dem Bauernhof gearbeitet habe, wurden angerechnet, obwohl wir keinen Verdienst damals hatten, nur Kost und Logis und zwanzig Mark Taschengeld. Also ich fühlte mich mit dem Rentenresultat nichts über's Ohr gehauen. Obwohl, es schlug sich in der Rente nieder, dass Frauen damals sowieso schlechter bezahlt wurden, aber dadurch, dass wir, Herbert und ich, beide eine Rente hatten, ging das. Inzwischen jedoch, durch die Abwertung des Geldes, die Umstellung auf den Euro, müssen wir unsere Ausgaben ziemlich berechnen. Aber da wir zu zweit sind, kommen wir gut aus, wir haben ja auch keine großen Ansprüche und können gut wirtschaften. Alleine würde es sehr viel schwieriger sein.

Ich frage noch mal, ob sie beide außer ihrer kirchlichen Gemeinschaft auch parteipolitische Kontakte hatten. Ursel: Oh ja, Herbert war ein echter Sozialdemokrat, dadurch waren wir auch in der Bürgerschaft integriert und mit manchen Genossen befreundet. Ich selbst favorisierte aber politisch eine andere Partei, ich stand dazu und manchmal gab es mit Herbert Meinungsverschiedenheiten, aber keine rechthaberischen Streitereien. Ich hatte nie etwas dagegen, dass mein Mann in der SPD war, auch wenn meine Gesinnung sich mehr zu einer anderen politischen Partei neigte. Aber wir stritten nicht um Kaisers Bart. Aber innerhalb unserer Familien, beim sonntäglichen Kaffeetrinken, ging es manchmal auch hoch her um politisch verschiedene Meinungen: Herbert und seine Mutter SPD und meine Familie CDU. Herberts Mutter war schrecklich streitbar... Aber es gab keine Kränkungen, beim Abschied wurde stets gesagt: Bis zum nächsten Mal.

Weißt Du, wenn ich so allgemein unser Leben betrachte, dann denke ich, bei Herbert und mir, bei beiden gab es Höhen und Tiefen, Trauriges und Freude. Dass Herbert durch einen medizinischen Operationsfehler einen Schlaganfall und eine schwere Sprechstörung erlitten hat, trugen wir als Schicksalsschlag gemeinsam. Körperlich hatte er keine Schäden davongetragen. Er ist sehr beweglich, wie Du ja weißt, auf Familienfesten, wo getanzt wird, ist er ein unermüdlicher Tanzpartner. Wenn ich nicht mehr so kann, fordert er andere auf... Britta: Oh ja, beim achtzigsten Geburtstag von Deinem Bruder Günter hat er sechs Tänze hintereinander mit mir getanzt, von Walzer über Foxtrott, Tscha-tscha-tscha, Rockn'Roll und weitere Tänze mehr, er hat prima geführt. Ursel lacht: Ja, das konnte er immer... Er dreht auch jetzt noch mit vierundachtzig jeden Morgen um sechs Uhr seine Laufrunden... Britta: Ja, prima! Er ist ja nicht viel größer als du, aber sportlich-schlank und rank geblieben, auch find' ich ihn immer sehr gepflegt gekleidet, deine handgestrickten Westen und Pullover stehen ihm alle sehr gut... Ursel: Herbert hilft auch im Haushalt, wenn ich mal zu schwach bin, macht er alle Einkäufe alleine. Aber, dass er seine Sprache verloren hatte, das hat uns jahrelang viel Mühe gemacht. Wir mussten völlig neu lernen, uns zu verständigen, das hat viel Spannungen erzeugt und unendlich viel Geduld von uns gefordert. Aber wenn wir so zusammensitzen, dann stellen wir fest, wir haben im Leben beide auch sehr viel Glück gehabt. Es gab immer Menschen, die mitgelenkt haben, die mit uns fühlten und mit uns dachten, und die unsere Leistungen, die ja in unseren Augen gar nicht so groß waren, anerkannten. Britta: Und ihr habt vielleicht auch Menschen gewählt, die nicht nur von Neid, Missgunst und Ich-Sucht geprägt waren. Ursel: Ja, das stimmt. Also Herbert zum Beispiel, obwohl er nur ein einfacher Arbeiter war, ist auf seiner Arbeitsstelle von allen sehr anerkannt worden. Er konnte mit seinem Geschick und seinen Erfahrungen beinahe alles. Selbst bei einer gefahrvollen Aktion mit einem Riesenkran wurde er unter den Kollegen ausgesucht. Das war in der weltbekannten Firma Heidenreich, heute Gildemeister. Die hatten ein riesengroßes Gerät für das berühmte chilenische Observatorium in den Anden entwickkelt, dazu die Riesenspiegel. Um den Transport dieses komplizierten und empfindlichen Gerätes ging es, als Herbert dies mit äußerster Feinfühlung auf einen Schwertransporter so platziert hatte, dass es am Ende nach Chile

transportiert werden konnte. Er war kein gelernter Kran-
führer, beherrschte aber Kranführung aus dem FF. Unter
den anderen Kranführern wurde er für dieses Manöver
als der Verlässlichste ausgesucht. Ich spreche hier von
Anerkennung, denn das ging mir auch so, wie ich schon
erzählt habe, wenn ich in meiner ruhigen Art, ohne viel
Worte, Probleme gelöst habe, haben die Leute meine
Fähigkeiten anerkannt. Dafür bin ich dankbar. Wir sind
einfache Leute, Herbert und ich, aber wenn wir uns auf
unser Arbeitsleben besinnen, dann sind wir beide froh,
dass wir nach all den schweren früheren Jahren und
Schicksalsbewältigungen Arbeit hatten und dafür Anerkennung bekamen.

Wenn Ursel schweigt, ganz still in sich versunken
ist, dann warte ich, bis sie ihre Gedankengänge und –
bilder zu Worte bringt. Diesmal erscheinen unsere Großeltern. Dass sie beide sich von jung an in großer Liebe
gefunden haben, darüber haben wir uns manchmal ausge-
tauscht, auch dass sie sich mit 22 Jahren füreinander entschieden haben und von jung an durch Glück und Leid
zusammengeblieben sind, durchgehalten und zueinander
gestanden haben. Ursel: Unsere Großmutter hatte nicht
darauf geschaut, einen reichen Prinzen oder Großgrund-
besitzer zu wünschen und zu bekommen, sondern sie hat
den Mann gewählt, den sie geliebt hat, den Bauernsohn
ohne eigenen Hof, mit all seinen Gaben, Fähigkeiten und

Geschicklichkeiten. Ursel zitiert noch einen wunderbaren Spruch von der Großmutter:

Genieße, was Dir Gott beschieden
entbehre gern, was Du nicht hast
ein jeder Stand hat seinen Frieden
und jeder Stand hat seine Last
ein frohes Herz, gesundes Blut
sind besser als zu viel Geld und Gut

Britta: Bewundernswert, dass Du das alles erinnerst…
Ursel: Ja, und noch ein Spruch, der mir unvergessen ist. Dieser hing über dem Bett von den Großeltern.

Streut Blumen der Liebe zur Lebenszeit
bewahret einander vor Herzleid
oh, wandert durchs Leben im gleichen Schritt
und nehmt als Begleiter den Frieden mit.

Ursel spricht mit leiser Stimme und unterdrückten Tränen: Das hat mich durch mein ganzes Leben bis heute begleitet. Britta: Das ist ein Teil von Dir, Du bist eben aus Dir heraus ein weiser Mensch geworden, und Du bist unserer Großmutter gefolgt, und ich folge ihr, obwohl ich sie gar nicht kennengelernt habe, schon lange in diesem guten Geist, von dem ich durch meinen Vater erfahren habe, der ja ihr jüngster Sohn war. Und jetzt folge ich Dir, die mir darüber ein Bewusstsein vermittelt hat.

Unsere Großmutter war ja, wie du schon vorher erzählt hast, ein tiefgläubiger Mensch und hat dich als Kind mit der Bibel und Christus vertraut gemacht. Hat das in deinem Leben, in dem du gute, aber auch ziemlich harte Zeiten durchgemacht hast, eine Rolle gespielt? Ursel: O ja, die Großeltern waren beide sehr gläubig, die Großmutter konnte zwar die Bibel auswendig, aber in der Unerschütterlichkeit ihres Glaubens waren sie gleich. Sie beteten und sangen zusammen Kirchenlieder. Die Großmutter hat sich mit ihrem Wissen keinem aufgedrängt, konnte aber zu vielen Lebenssituationen Gleichnisse aus der Bibel erzählen. Ja, und ich bin ein gläubiger Mensch geblieben, ich bete still für mich. Manchmal, wenn ich morgens aufwache, kommt mir dies Gedicht in den Sinn:

Der helle Tag ist aufgewacht

die Sonne ist mit Prangen

am Himmel aufgegangen

sie scheint in Königs Prunkgemach

sie scheint durch Bettlers Dach

und was des nachts verborgen war

das macht sie kund und offenbar.

Lob sei dem Herrn und Dank gebracht

Lob jeden Morgen neue

dass sich des Menschen Herz

an dieser Pracht erfreue.

Britta: Wenn ich manchmal am frühen Morgen im Osten über unseren Bahndamm vom Fenster aus die Sonne aufgehen sehe, erfüllt es mich auch mit tiefer Freude. Irgendwie fühle ich mich dann ruhig und zugehörig zu einem rätselhaften Weltganzen. Die Forschung im Weltraum ist ja sehr interessant und bringt erstaunliche Erkenntnisse, aber das stellt für mich den Glauben an etwas Höheres gar nicht in Frage. Ursel: Es gibt Dinge zwischen Himmel und Erde, die kein Mensch erklären kann… Ich habe mich im Leben immer von meinem Glauben an Gott getragen gefühlt, auch in verzweifelten Situationen hat mir das Vertrauen darauf geholfen, dass es eine Lösung gibt. Ich erinnere mich an eine Bibelgeschichte: Gott, wo warst du, als es mir so schlecht ging? fragt der Mensch. Am Strand, wo wir gelaufen sind, sah ich nur die Spuren von zwei Füßen und nicht die Fußspuren von uns beiden. Gott antwortete: Es waren nur zwei Fußspuren da, weil ich dich getragen habe. Britta: O ja, verblüffend, das ist nicht nur eine Redewendung, sondern das ist das Vertrauen, im Schweren und Guten getragen zu sein, ist so gesehen auch eine Kraft, die Menschen überall auf der Welt gegen das Böse verbünden kann.

Während Ursel eine kurze Toilettenpause macht, strecke ich mich in meinem Sessel aus, recke mich und lehne meinen Kopf entspannt an das Rückenpolster. Wie aus einer geschützten Höhle sehe ich von meinem Platz aus durchs Fenster, wie der Novemberdunst am Nachmittag von einem seltsamen Sonnenlicht durchschimmert wird. Ich sinniere in mich hinein... Ursel kehrt wieder auf ihren Sofaplatz zurück. Sie sitzt eine Weile schweigend an ihre Rückenkissen gelehnt und schaut auch durchs Fenster nach draußen.

An das vorhergegangene Gespräch anknüpfend, sage ich: Ich denke öfters über die gute innere Erfahrung nach, sich im Glauben getragen zu fühlen... damit ist ja nicht gemeint, dass allen Böswilligkeiten des Menschen Tür und Tor geöffnet wird mit dem passiven Hinweis: der Glaube wird schon alles richten... Als friedensbewegter und politisch denkender Mensch weiß ich schon lange, dass es vor allem an uns Menschen gebunden ist, für das Leben unserer Erde Sorge zu tragen und eine tragfähige Gegenwehr aufzubauen... die Leiden, die der Mensch dem Menschen zufügt, sind zur Zeit ja kaum zu zählen... Ursel: Im hohen Alter bewundere ich heute die Menschen, die sich den Friedensbewegungen anschließen und überhaupt überall Missetaten und Verbrechen aufdecken... Das Gute, die Liebe zu Mensch und Natur, hat uns ja Christus gelehrt, mit dem Hinweis auf Gott gegen die Unbelehrbarkeit des Menschen, und diese tiefe Kraft des Guten und die Liebe im Menschen verbindet sich mit Gott... Britta: so wie eine stille Strömung zwischen Mensch und Gott und Gott und Mensch...

Ursel: ja, natürlich...

Britta: Wir sagen ja auch zum Höchsten von etwas Gelungenem: es sei göttlich... aus dieser unendlichen Dimension, die unsere Erde allein gar nicht sein kann, vermögen wir deren Kraft und Tiefe zu spüren als hohen Wert des Sich-getragen-fühlens in allen persönlichen Kämpfen und Bedrohungen unseres Lebens...

Ja... nickt Ursel mir zu, eine zarte Röte hat sich in ihrem Gesicht ausgebreitet. Sie sagt zu mir: Du hast nicht nur von der Wärme hier im Zimmer so rote Backen... Wir lachen beide... Ursel: Wenn Herbert von seinem Mittagsschlaf sich wieder zu uns setzt, dann sieht er unsere Köpfe dampfen... Britta: Wir beide mal wieder auf der Suche nach Verstehen... ohne Worte sich zu verstehen ist schön, aber mit Worten noch besser... Wir stoßen betont laut mit unseren Wassergläsern an. Ursel: Jetzt haben wir einen Schluck verdient.

Wir sitzen ein paar Wochen später wieder einmal, auf Weihnachten zu, gemütlich beim Tee oder Kaffee zusammen, zünden die Adventskerzen an und essen Ursels wunderbare Apfelkrapfen dazu. Ursel ist inzwischen 89 Jahre alt. Wir schweigen und schlürfen unser Getränk und sind erfüllt und zufrieden mit den Apfelkrapfen, die Besinnung auf Frieden in der Welt verbindet uns in dieser Vorweihnachtsstimmung. Draußen bläst doch ein recht kräftiger Wind, ja beinahe ein Sturm, in der Vordämmerung schauen wir die belichteten Baumwipfel an, ich stelle fest, dass noch ziemlich viele Blätter oben an den Wipfeln hängen, viele für diese Jahreszeit. Ursel nickt und bestätigt, dies Jahr halten die Blätter noch lange an den Zweigen der Baumwipfel fest. Sie teilt uns, während wir aus dem Fenster schauen, eine alte Bauernregel in Form eines Spruches mit:

Halten Bäume und Sträucher ihr Wipfellaub lange,
ist später Winter und zeitig Frühjahr zugange.
(Später, im Verlauf des Winters auf das Frühjahr zu, konnte ich, Britta, feststellen, dass diese Bauernregel für diese Zeit zutraf.)

Während die Dämmerung in den Abend übergeht, sitzen wir beim Kerzenschein, Herbert spielt auf seiner Mundharmonika und Ursel und ich, wir singen dazu Adventslieder. Beiher macht sich bei Ursel wieder ein Spruch auf den Weg in ihr Bewusstsein. Ursel: Du weiß ja, Britta, ich war ja immer schon für gute Sprüche zuständig und die sagen mir auch heute sehr viel, zum Beispiel:

Erscheint dir etwas unerhört
bist im tiefsten Herzen du empört
bäum' dich nicht auf, versuch's nicht im Streit
überleg' es dir, überlass' es der Zeit
am ersten Tag wirst du feige dich schelten
am zweiten Tag lässt du dein Schweigen schon gelten
am dritten Tag hast du's überwunden
alles ist wichtig nur für Stunden.

Ursel: Ist es nicht so? Britta: Ja, mir kommt es so vor, als hätte ich hier völlig unbewusst von der Großmutter und den Müttern unserer Familie, von den Frauen eine Einsicht übernommen. Ich gehe häufig bei Ärgernissen mit dieser Einsicht, weil ich das Nachdenken über das Ärgernis brauche, erst dann, wenn das Ärgernis von tiefer Bedeutung bleibt, bringe ich es zur Sprache, und wir sprachen ja mal darüber, dass unsere Großmutter lauten Streit nicht mochte, Deine Mutter auch nicht und alle Schwestern aus dieser Familie, also unsere Tanten, waren von dieser stillen Umgangsweise mit dem Ärger, und Du und ich, wir mögen doch auch so ein zänkisches Lamento nicht, manches ist mir auch zu kleinkariert, das lass' ich bei denen, die nicht anders können, aber wenn die Grenze des inneren Ärgers erreicht ist, setze ich auch einen klaren Kontrapunkt bei Missdeutungen meiner Person oder bei Unterstellungen, das dient ja der Auseinandersetzung... Und so, wie ich Dich hier im Gespräch über Deine Lebenserinnerungen noch einmal intensiver kennengelernt habe, liebe Ursel, erinnere ich mich daran, wie klar Du auch am Ende allen Nachdenkens damals mit Deiner sogenannten Chefin, der Madame, umgegangen bist. In vielen widersprüchlichen Lebensereignissen, von denen Du mir erzählt hast, hast Du auch erst nachgedacht und danach entschieden. Ich empfinde das als sehr ähnlich. Ursel: Ja, im Laufe unserer jahrelangen Gespräche habe ich festgestellt, dass wir uns ganz s c h ö n ähneln und dass wir irgendwie nach unserer Großmutter kommen. Durch Dich bin ich überhaupt angeregt worden, wie wichtig unsere Großmutter in meinem kindlichen und späteren Leben war. Nur durch die Rückbesinnung mit Dir, durch Dein Interesse erlebe ich eigentlich, was in meinem früheren Leben das Besondere und das Gute war, was mich geprägt hat, und überhaupt, wer ich selbst war... Da sage ich Dir wirklich großen Dank...

Draußen hat sich ein starker Wind aufgemacht, wir hören, wie er um's Haus pfeift. Ursel wird dadurch zu zwei Wintersprüchen inspiriert:

Wenn die Stürme im neuen Jahr brausen
kann keine Krankheit fürder hausen.
Der Januar muss vor Kälte knacken
Wenn die Ernte gut soll sacken.

Während im Laternenlicht ein aufkommendes Schneegestöber vom Wind herumgewirbelt wird, spricht Ursel mit ruhig erzählender Stimme ein Weihnachtsgedicht (von Rilke, hier erinnert sie den Dichter):

Advent

Es treibt der Wind im Winterwalde
die Flockenherde wie ein Hirt,
und manche Tanne ahnt, wie balde
sie fromm und lichterheilig wird,
und lauscht hinaus. Den weißen Wegen
streckt sie die Zweige hin – bereit,

und wehrt dem Wind und wächst entgegen
der einen Nacht der Herrlichkeit.

Der Abend miteinander ist heimelig und gemütlich, wir wissen, dass wir heute wieder voneinander Abschied nehmen müssen. Still lassen wir dies zu, weil Ursel und Herbert müde werden und ich noch den Weg nach Berlin antreten muss. Bei Ursel meldet sich wieder ein Spruch, er beschließt etwas in unseren jahrelangen inniglichen Gesprächsbegegnungen:

Klein war, mein Kind, dein erster Schritt,
Klein wird dein letzter sein,
den ersten gingst du mit Vater und Mutter,
den letzten gehst du allein.

In unseren wärmenden und kräftigen Umarmungen beim Abschied sind wir uns einig, dass wir uns immer und immer wiedersehen werden.

Nachtrag:

In zwei folgenden Jahren setze ich meine Besuche mehrmals im Jahr bei Ursel in Hamburg fort. Sie gehören in m e i n e m Älterwerden zur Freude meines inneren Lebens. Ursels Erzählen und unsere Gespräche miteinander füllen wunderbar die Zeit nach dem Mittagessen, das Ursel noch mit über neunzig Jahren nach pommerscher Art zauberhaft zubereitet, dann unsere gemütlichen Kaffeestunden zu dritt mit Herbert, ohne Fernsehen, ohne störendes Handyklingeln, ganz einfach ein erfüllendes Zusammenklingen von Erzählen, Zuhören, gemeinsamem Singen zum musikalischen Schwung aus Herberts Mundharmonika. Über die Jahre habe ich durch Ursel gelernt, wie man ein Gespräch mit Herberts eingeschränktem Wortschatz entwickelt. Was ich nicht enträtseln kann, ergänzt Ursel. Und immer zum Abschied eine liebevolle Umarmung und die Freude auf unser nächstes Wiedersehen.

In ihrem 91. Lebensjahr 2015 bin ich nach Frühlings- und Sommerbesuchen im Oktober wieder bei ihnen. Ursel ist noch kleiner und zarter geworden, stelle ich bei unserer Begrüßung fest, aber das Glück unseres Wiedersehens äußert sich in ihren sich mir entgegenstreckenden Armen, ich drücke sie zart an mein Herz. Sie war im Krankenhaus für ein paar Tage, so erzählten sie beim Mittagessen, man hatte ihr nach eklatanter Appetitlosigkeit einen Gallenstein minimalinvasiv zertrümmert, und Herbert hatte nach einem Schwächeanfall beim Einkaufen auch einen Tag im Krankenhaus zugebracht. Es war mir schon seit Jahresanfang bei meinen Besuchen deutlich geworden, dass Ursel schwächer wurde und Herbert mit seinen sechsundachtzig Jahren den Einkauf seit einiger Zeit schon alleine machte. Auch wenn Ursel noch kochte, machte er den Abwasch und besorgte das Aufräumen. Er half ihr schon länger beim Ankleiden am

Morgen und Auskleiden am Abend, das erzählte sie mir beim Kaffee mit einem dankbaren Blick zu ihm, er lachte dann, wie es seinem Naturell von jeher entsprach: „Das ist doch klar..." Einer von seinen Sätzen, die ihm erhalten geblieben waren und an richtiger Stelle eingesetzt wurden. Er unterstützte sie in allem, was sie nicht mehr gut schaffte.

Nun dieser leuchtende Oktobertag, trotz Sturm kam die Sonne immer wieder durch die Wolken und strahlte die Bäume draußen an. Wie glücklich beide waren, wieder hergestellt zu sein, das breitete sich auch in mir aus. Ursel konnte wieder richtig essen und trinken, der ganze Tag war bestimmt von der Freude, dass sie beide nun ruhig in die Vorweihnachtszeit gehen, sie diese, wie schon seit Jahren, im verdienten Ruhestand festlich bei Kerzenschein begehen konnten. So freuten wir uns über das neu geschenkte Leben und somit auf das Wiedersehen im Dezember, um in unserer kleinen Dreiergemeinschaft weihnachtlich zusammen zu sein.

Der Tag war schon festgemacht, zwischendurch noch einmal per Telefon bestätigt. Die kleinen Freuden im Leben, wenn man sie sich bewusst macht, sind in der Wiederkehr die eigentlich großen: Den Hauptbahnhof in Berlin am Morgen, dies ungeheure architektonische Machwerk begrüße ich in dieser froh gelaunten Stimmung, weil es der schöne pulsierende Ort ist, der mich wieder in Hochgeschwindigkeit zu den sicheren Wurzeln bringt, die einmal eingefroren und taub waren und nun schon lange ein warmer, vertrauter Teil von mir sind. Die Fahrt in den langsam sich lichtenden Morgen durch die schneelose, diesige Winterlandschaft, mit einem Kaffee auf dem Reisetischchen und meinem Frühstücksbrot, erlebe ich in tiefer Zufriedenheit. Wie gewohnt, rufe ich vom Handy nach einer Dreiviertelstunde an, um Ursel zu sagen, dass ich im Zug sitze und pünktlich in Hamburg eintreffen werde. Ich freue mich auf ihre Stimme, stutze aber, dass sie nicht rangeht, versuche es nach einer Viertelstunde noch mal, auch ohne Kontakt. Auf den Nebensitzen erzählt ein Informierter, dass in Hamburg für tausende Haushalte der Strom für ein paar Stunden ausgefallen sei. Das ist für mich ein erklärbarer Grund, dass Ursels Telefon davon betroffen ist. In Hamburg versuche ich es noch einmal vergeblich... Eine leicht aufkommende Panik drücke ich weg und marschiere zur S-Bahn, um schnellstens zu ihrer Wohnung zu gelangen. Ein langes, langes Klingeln an ihrer Haustür, danach im ganzen Haus bei allen Bewohnern, lässt mich denken, dass doch ein Stromausfall die Ursache ist. Dann geht aber der Türöffner und ich stehe an der Wohnungstür von Ursel und Herbert. Ein grauer innerer Nebel zieht durch meinen Kopf. Was für eine makabre Situation: - Die sind hier gar nicht... Die waren aber immer, immer hier... Ich bin am falschen Ort... Die Wohnungstür schweigt mich an...

Keine Ursel, die aufmacht... - Dann kommt der einzige Mensch im Haus die Treppe runter, der Pole, ein befreundeter Nachbar. Er ist sehr unterstützend, erklärt mir, dass Ursel gefallen sei und einen Schenkelhalsbruch erlitten hat, inzwischen operiert, und ihr Mann sei im Krankenhaus mit aufgenommen worden. Ich tröste mich ganz schnell, einen Schenkelhalsbruch kann man operieren und die Chirurgie vollbringt heute Wunder. Der Nachbar schreibt mir auf einen Zettel den Namen des Krankenhauses und wie ich dorthin komme. Er sagt mir, dass er auch gleich in den nächsten Tagen einen Besuch machen wolle. Ich laufe wie auf Watte, mit einem Gefühl von tiefer Entfremdung, den sonst vertrauten Weg zurück zur S-Bahn. Auf dem zugigen Bahnhof überstimmt das Denken die Angst: - Schenkelhalsbrüche sind heute Routineoperationen, der Nachbar geht auch in den nächsten Tagen hin, also lebt sie... Nicht den Teufel an die Wand malen... -

Der Arzt, der mir das Zimmer nennt, in dem Ursel und Herbert sind, spricht mich gleich sehr verantwortlich als ersten Verwandtenbesuch an: Es sei eine Verschlechterung zu beobachten, die OP sei gut verlaufen und geglückt, die Patientin hat schon aufgesessen und war ansprechbar. Er berichtet gründlich und bittet mich um Angehörigen-Adressen in Hamburg, es sieht nicht mehr günstig aus, vielleicht überlebt sie den Tag nicht mehr... Ich danke dem Arzt und gebe ihm die Hand. Ab hier ist alle Angst in mir ausgeschaltet, ich habe das Gefühl, dass mein Gehirn übergroß wird und nur noch klar bei Ursel und Herbert sein möchte. Er freut sich, dass ich da bin, und sie, unser geliebter Mensch, Ursel, sie liegt w i r k - l i c h da, die beginnenden Sterbezeichen sind nicht zu übersehen, blass und kurzatmig, mit weit geöffnetem Mund vor Schwäche, ich begrüße sie und sage: „S o ist es dann wohl d i e s m a l , s o hat unser Schutzengel das geleitet, dass ich bei Dir sein soll..." Sie öffnet ein wenig die Augen und flüstert mit großer Mühe zu mir: „Diesmal schaffe ich es nicht mehr..." Sie weiß, dass ich da bin und will mir sagen, dass es diesmal der letzte Abschied ist, s o k l a r , wie sie immer war, so schwach und licht mit ihrem letzten Satz. Dann fällt sie in die Agonie. Wir sind einige Stunden bei und mit ihr, Herbert und ich, wir unterhalten uns in der üblichen Weise lange, trinken Kaffee und essen Krankenhauskuchen, sind immer wieder an ihrem Bett, streicheln ihr Gesicht, manchmal spielt er auf seiner Mundharmonika für sie. Wir wissen beide, dass sie alles spürt. Am späten Nachmittag kommt Werner, Ursels jüngster Bruder, er ist durch mich informiert worden und steht an ihrem Bett tief angerührt: „Mein Schwesterherz...", spricht er zu ihr immer wieder, und wir sind uns sicher, dass Ursel, die selbst das Hinfortgehen spürt, in ihrem Geist, der nicht im Sterben liegt, ein stilles Glück erfährt, dass auch ihr jüngster Bruder an ihrer Seite ist.

Am späteren Abend muss ich aufbrechen, ich muss eine feste Rückfahrzeit einhalten, weil ich ein preiswertes Ticket ergattert hatte. Es geht aber gar nicht darum. Die Zeichen, dass Ursels körperliches Dasein sich dem Ende zuneigt, sind deutlich. Werner und Herbert werden bis zur Todesstunde da sein. Mein Abschied unter Tränen ist mein endgültiger Abschied, ich sage ihr mit meiner Hand auf ihrem Herzen, wie viel sie mir bedeutet, und dies bis an mein Lebensende.

Schon auf dem Weg aus dem Krankenhaus erschüttert mich das Weinen, an der Haltestelle im Dunkeln und im Regen, im Bus bieten drei junge Leute mir einen Platz an, ich bin so dankbar und kann nicht aufhören zu weinen, immer weiter, am Bahnhof und im Zug. Der Schock in mir löst sich mit unaufhaltbarer Vehemenz. Warum wir so viel weinen müssen bei dem Verlust von geliebten Menschen… Im Zug, auf einem geschützten Platz, ohne Nachbar, versteckt, gehen die Gedanken unter Tränen durch meinen Kopf. Ich möchte an Ursel schreiben, in dem Wunsch, sie doch nicht zu verlieren. Mein Heft und mein Kugelschreiber geben mir einen Halt: Das ist eine Dimension der Unendlichkeit, woher wir kommen und wohin wir gehen… Dazwischen haben wir in einer kurzen oder längeren Zeit auf Erden ein Leben gelebt… Und wenn uns das Glück gelingt, dies Leben gemeinsam zu teilen, auch noch im Erzählen als Erinnertes zu teilen, dann i s t es gemeinsam und hat darin eine innere Freude, nicht allein zu sein auf dieser Welt. Der Tod beendet abrupt diese Freude, weil die Gemeinsamkeit mit Dir, Ursel, aufgehört hat, das macht mich so unendlich traurig und verlassen und meine Gedanken suchen nach anderen Menschen im Leben, mit denen ich Gutes teile, um einen Anker zu haben... Dass uns das Glück gelungen ist, ohne moderne Medien, uns auf uns selbst zu besinnen, wohl wissend über unseren kleinen Platz hier auf Erden, wie ihn alle Menschen nur haben. Dass ich durch Dich etwas über meine abgekappten Wurzeln erfahren habe und damit aus einer gewissen Ruhelosigkeit zur inneren Ruhe gekommen bin, dafür danke ich Dir, Ursel, und Dir, Herbert, dass Du ihr Leben, als es schwach und zerbrechlich wurde, trotz eigenem Geschwächtsein getragen hast.

Ursels Beisetzung ist kurz vor Heiligabend. Die engsten Verwandten, Freunde und Nachbarn sind gekommen, jeder hat auf seine Weise etwas verloren, der mit ihr als einem besonderen Menschen verbunden war. Ich staune über die riesengroßen, mit den schönsten Blumen reich besteckten Kränze von einer großzügigen Gärtnerei und über die vielen Gestecke. Ursels Sarg ist mir roten Rosen überdeckt, auf der Schleife steht: In ewiger Liebe – Dein Herbert.

Am Grab zum letzten Gruß stehen Werner und seine Frau Margrit Herbert zur Seite, um gemeinsam mit ihm zu sein. Herbert hat sich bis dahin tapfer gehalten, er holt seine Mundharmonika raus und fängt an, die Melodie zu: Schlaf wohl, Du Himmelsknabe Du... zu spielen..., ein paar Notenzeilen erklingen kräftig, dann unterbricht sein Weinen das Lied, er versucht es von vorne, kommt ein Stück weiter in der Melodie und weint erneut seine tiefe Erschütterung und Trauer aus sich heraus, noch zweimal fängt er kräftig an, wie zum Trotz: Es soll gelingen... Wir hören andächtig zu und weinen mit ihm, dann gelingt ihm das ganze Lied, weil er d i e s mit der Mundharmonika seiner Ursel, im Text auf sie passend verändert, mitteilen will:

Schlaf wohl, mein Himmelsmädchen du,

schlaf wohl, du süßes Kind...

dich fächeln Engelein in Ruh

mit sanftem Himmelswind

dein treuer Herbert singet Dir

ein Wiegenliedlein für und für:

Schlafe, schlafe, Himmelsmädchen schlafe.

Auf der Beisetzungsfeier sind wir in Herberts und Ursels Lieblingsrestaurant, alle kennen sich über die Jahre näher oder entfernter, die Hamburger Erzählfreude lässt die Stimmung familiär und lebendig werden. Ziemlich bald nach dem Essen wird die Weiterversorgung von Herbert nach dem Krankenhausaufenthalt, der bis zur Beisetzung bewilligt wurde, zum Thema. Ich selbst hatte, nachdem ich zwei Stunden im Sterbezimmer mit Herbert war, beim zweiten Gespräch mit dem Arzt gestutzt, dass er Herbert als dement und orientierungslos bezeichnete. Der Arzt überlegte eine Heimunterbringung für den Fall des Ablebens von der Ehefrau, meinte auch, dass sie als Ärzte eine verantwortliche Entscheidung treffen müssten. Ich sagte ihm, dass Herr Neumann völlig klar im Kopf sei und man seine Sprechbegrenztheit nicht falsch deuten dürfe, er, der Herr Neumann, habe mir auch deutlich erklärt, dass er, wenn seine Frau stirbt, nach Hause will, so wird er es wohl auch selbst entscheiden…

Nun, während der Trauerzusammenkunft, höre ich, dass man ein vierwöchiges Übergangspflegeheim entschieden hat und ihn unter einen gesetzlichen Betreuer gestellt hat. L e t z t e r e s besonders befremdet und empört uns alle, dass hier auf den seriösen Hinweis der in Hamburg zuständigen Angehörigen, dass Herr Neumann nach Hause will und die Versorgung garantiert sei, nicht achtgegeben worden war, sondern über deren Köpfe und Herberts klarem Wunsch hinweg entschieden worden war. Die Aufregung jedenfalls und die Solidarität mit ihm auf der Beisetzungsfeier tun Herbert gut, er lacht teilweise und sagt auch zornig: „Ich bin n i c h t blöd... Ich weiß Bescheid..." Jedenfalls zu aller Beruhigung werden sein Schwager Werner und sein Neffe Volker die weitere verantwortliche Begleitung übernehmen, dies hatten sie schon nach dem Ableben von Ursel klar mit Herbert vereinbart.

Der Heilige Abend und die Tage danach sollen nun für alle einen besinnlichen Verlauf haben. Da geschieht plötzlich, mit lautem Krach und Palaver, bevor die Heilige Stunde von Christi Geburt beginnt, ein kleines Weihnachtswunder. Herbert sollte an diesem Tag vom Krankenhaus ins Pflegeheim gebracht werden. Er wusste darüber und hatte sein Köfferchen gepackt, aber als er abgeholt werden sollte und man ihn, ohne Rücksicht auf sein klares Nein, nötigen wollte, hat er mit lauter Stimme im äußersten Ärger sich nicht anfassen lassen und einen riesenlauten Rabatz gemacht, so dass die Stationsbesetzung eingeschüchtert war und sich nicht mehr an ihn herantraute. Er bestand darauf, dass die Polizei kommt! (Er weiß von sich, dass er einen Ausweis hat, der ihm bescheinigt, wenn er unterwegs nicht verstanden wird, dass er mit Hilfe von Bürgern die Polizei rufen darf und diese ihn stets sicher nach Hause begleitet.) Die Polizei kam und stellte fest, dass Herr Neumann bei ihnen mit der Sprechbehinderung, aber auch als ein mündiger Bürger bekannt sei und deshalb darüber selbst entscheiden kann, wohin er und dass er nach Hause will. Die zuständigen Angehörigen wurden benachrichtigt und die Sozialstation übernahm die teilweise notwendige Betreuung. Der befreundete polnische Nachbar holte ihn am Heiligen Abend n a c h H a u s e und lud ihn zur gemeinsamen Feier mit Freunden ein. In den Weihnachtstagen waren Werner und Margrit bei ihm mit Kaffee und Kuchen. So werden Werner und Volker die gesetzliche Betreuung übernehmen und alle, die zu ihm halten, dazu beitragen, dass er in s e i n e r Trauer in seiner gewohnten Umgebung bleiben darf.